藏在地图里的世界名著

吹牛大王历险记

[德]埃·拉斯伯 戈·毕尔格 著　尚青云简 编绘

北京理工大学出版社
BEIJING INSTITUTE OF TECHNOLOGY PRESS

版权专有　侵权必究

图书在版编目（CIP）数据

吹牛大王历险记 /（德）埃・拉斯伯,（德）戈・毕尔格著；尚青云简编绘. -- 北京：北京理工大学出版社, 2024.2

（藏在地图里的世界名著）

ISBN 978-7-5763-3123-3

Ⅰ.①吹... Ⅱ.①埃...②戈...③尚... Ⅲ.①童话 – 德国 – 近代 Ⅳ.①I516.88

中国国家版本馆CIP数据核字（2023）第212271号

吹牛大王历险记

责任编辑：张文峰　顾学云	文案编辑：张文峰　顾学云
责任校对：周瑞红	责任印制：李志强

出版发行 /	北京理工大学出版社有限责任公司
社　　址 /	北京市丰台区四合庄路6号
邮　　编 /	100070
电　　话 /	（010）68944451（大众售后服务热线）
	（010）68912824（大众售后服务热线）
网　　址 /	http://www.bitpress.com.cn

版 印 次 /	2024 年 2 月第 1 版第 1 次印刷
印　　刷 /	河北盛世彩捷印刷有限公司
开　　本 /	787 mm × 1092 mm　　1/16
印　　张 /	7.5
字　　数 /	96千字
审 图 号 /	GS京（2023）1893号
定　　价 /	180.00元（套装共5册）

图书出现印装质量问题，请拨打售后服务热线，本社负责调换

阅读，让孩子看世界

美国著名诗人沃尔特·惠特曼在他的诗《有一个孩子向前走去》中这样写道：
"有一个孩子每天向前走去，
他看见最初的东西，他就倾向那东西，
于是那东西就变成了他的一部分，
在那一天，或在那一天的一部分，
或继续好几年，或好几年形成的周期……"

如果孩子看到"最初的东西"是这套世界名著呢？那么它将怎样影响孩子的一生呢？

世界名著不仅能让孩子领略大文豪们的风采，还能感悟那些藏在故事中的人生哲理，让他们成为思想深刻的人。但是，如何选择一套适合孩子阅读的世界名著呢？既然是世界名著，那么就要让孩子放眼看世界，让他们从阅读中了解更多的国家和城市，拓宽眼界。《藏在地图里的世界名著》是一套用地图与名著巧妙结合的图书，以全新的视角、独特的形式让孩子"读世界名著，知世界地理"。如果你是个文学爱好者，也是个地理狂，那就让我们一起来看看这套特别的世界名著吧！

地理笔记与文中地名相对应，内容丰富、有趣，用语精练。

地图的融入为本书最大特色，地理位置清晰可见。

手绘插图，让故事情节跃然纸上。

目录 CONTENTS

第一章　我的旅行情结 / 8

第二章　拴在屋顶的马 / 10

第三章　大黑狼拉雪橇 / 12

第四章　老将军喝不醉的秘密 / 14

第五章　天大的好运气 / 16

第六章　猪油钓野鸭 / 18

第七章　鞭打黑狐狸 / 20

第八章　野猪猎杀记 / 22

第九章　头上长樱桃树的鹿 / 24

第十章　与野熊的较量 / 26

第十一章　勇战大狼和恶狗 / 28

第十二章　我可怜的忠犬啊 / 30

第十三章　奇怪的兔子 / 32

第十四章　受到隆重欢迎的"熊将军" / 34

第十五章　战场上的半匹马 / 36

第十六章　骑着炮弹飞行 / 40

第十七章　月上取斧 / 42

第十八章　冰冻的号角声 / 44

第十九章　大风暴与新国王 / 46

第二十章　遭遇狮子和鳄鱼 / 50

第二十一章　愤怒的巨鲸 / 52

第二十二章　挨巴掌的车站站长 / 56

第二十三章　喷出石油的井 / 58

第二十四章　奇特的高空早餐 / 60

第二十五章　大鱼肚求生之旅 / 62

第二十六章　君士坦丁堡之行 / 64

第二十七章　我的五位得力部将 / 68

第二十八章　尼罗河历险记 / 72

第二十九章　与土耳其苏丹的赌注 / 74

第三十章　谁拯救了直布罗陀 / 80

第三十一章　巧妙猎杀大白熊 / 84

第三十二章　鲨鱼肚里获松鸡 / 88

第三十三章　墨西哥湾的烤鱼 / 90

第三十四章　空中旅行 / 92

第三十五章　我又上了月球 / 96

第三十六章　火山之旅 / 100

第三十七章　发现奶酪岛 / 102

第三十八章　吞进水怪腹中的船队 / 106

第三十九章　饿死巨熊 / 108

第四十章　足智多谋的统帅 / 110

第四十一章　吃外国人的侯爵 / 114

第四十二章　海上风暴 / 118

闵希豪森男爵原型人物

全　　名：希罗尼摩斯·卡尔·费里特利希·封·闵希豪森

出生日期：1720 年 5 月 10 日

家庭背景：名门望族，18 世纪德国汉诺威地区庄园主

爱　　好：打猎、讲故事

性格特点：慷慨大方、善言谈、幽默

人生经历：13 岁做宫廷侍童，18 岁参加俄国骑兵营，20 岁当上少尉，1740 年至 1741 年两次参加土耳其战争，30 岁荣升骑兵上尉，衣锦还乡

闵希豪森并非"吹牛大王"

18 世纪末的德国，人们在不经意间常把许多搞笑、滑稽故事的主人公都冠以"闵希豪森"，用于娱乐，发生在他身上的这些故事都是虚构的。1781 年，德国杂志《快乐人指南》刊登过一些滑稽、幽默的故事，作者却不详。这些故事却为《吹牛大王历险记》的写作打下了基础。

谁是作者

　　1786年或1785年英国出版了一本名为《吹牛大王历险记》的童话小说，作者没有署名，后来经过考证认定作者为拉斯伯，他收集和编撰的那些荒诞不经的故事都移植在闵希豪森名下，因大卖在英国再版了7次。再版期间并增加、扩充了部分新的故事，后来由德国诗人毕尔格翻译成德文且又增添了一些故事，让这本小说的内容更加丰富。因此这本书的素材来源于许多童话、滑稽的民间故事。除了这两位作家写的版本以外，后来市面上也出现了许多热爱写作的人改写的版本。

搬上银幕的吹牛大王

　　1943年德国、1962年捷克、1979年法国以及1988年英国，都曾把《吹牛大王历险记》改编成电影上映，其中1988年英国改编的这部电影取名《终极天降》，荣获第62届奥斯卡金像奖的最佳视觉效果奖。这部改编的电影虽然与原著略有差异，但主人公闵希豪森男爵无疑就是那个既爱吹牛又机智、勇敢的人。

第一章

我的旅行情结

在我很小很小的时候，脑海里就会冒出旅行和探险的念头。我常常幻想着，去世界各地旅行将会是一件多么美妙的事啊！这种念头不是凭空产生的，主要受了我爸爸的熏陶。

我爸爸是一位探险家，他酷爱旅行，曾经去过很多地方。每到冬天来临，在又冷又黑的晚上，我们一家人都会围坐在温暖的壁炉旁，认真地听父亲讲述他那些探险的经历。这个时候，我都会被父亲的各种奇遇深深吸引，什么事都能忘到脑后。也就是在那时候，我心里就种下了探险的种子。大概这就可以解释，我为什么会有如此深厚的旅行和探险情结了吧。

长大之后，我的旅行和探险情结更加强烈。我不仅希望通过旅行来认识这个奇妙的世界，还想以此来磨炼意志，增长阅历和才干，而且我相信，这必定会给我带来极大的乐趣。后来父母经过深思熟虑，终于同意让我外出旅行。那一刻，我就像一只冲出牢笼的小鸟一样，迫不及待地想到外面的世界里尽情翱翔。

我终于实现梦想，可以去远方旅行和探险了！从此便一发不可收，我先后多次到世界各地游览，不知经历了多少磨难和危险，同时也结交到无数的知己好友。在旅行中，既有痛苦、危险和各种各样稀奇古怪的事，更有新奇、惊喜和数不清的快乐。但是无论怎样，我认为这些都是值得的，这恐怕就是我来到这个世界上的使命吧！

上了年纪以后，我喜欢泡在小酒馆里。"亲爱的先

第一章·我的旅行情结

我的地理笔记

德国

位于欧洲中部，濒临北海和波罗的海；

由16个联邦州组成，首都为柏林；

欧洲第一大经济体，工业非常发达；

汉堡是德国最重要、最大的港口；

是奔驰、宝马和奥迪汽车的故乡。

苏丹

红海沿岸的非洲东北部国家；

位于世界上最大的沙漠——撒哈拉沙漠东端；

首都喀土穆气候炎热干旱，被称为"世界火炉"；

当地妇女有头顶重物的习惯。

生们，朋友们！"我倒满酒杯，眯起眼睛慢悠悠地抿上一口，扫视一圈四周的人，微笑着继续说道，"今天给朋友们讲一讲我年轻时候的冒险旅程，这些故事呀，就算讲上三天三夜都讲不完。"

可是总会有人当面顶撞我："你呀，就是个吹牛大王，你讲的事情根本不可能发生。"

我才不和他们生气呢，我会心平气和地说："你知道我是谁吗，我可是 德国 大名鼎鼎的闵希豪森男爵呀！我过去的知己，那些伯爵、男爵和侯爵，包括 苏丹 陛下都说过，闵希豪森男爵是世界上最诚实的人。别说我不会吹牛，就是听到有人吹牛我都会讨厌！"这时候周围的人准会哈哈哈地笑起来。

不在小酒馆里的其他朋友们不用着急，现在就请跟着我一起去享受那一次次神奇的探险之旅吧！

第二章

拴在屋顶的马

在一个寒冷的冬天，我离开家乡，开始了期盼已久的俄罗斯之旅。地图显示，我将路过德国北部、波兰、 库尔兰 和 利夫兰 等地区，根据旅行家前辈的记述，这些地区的道路崎岖难走，穿越它们比登天还难。我却不这么认为，一到冬天那里的道路肯定会被厚厚的冰雪覆盖，反而会变成平坦的大道。于是我就选定这个时候，一个人骑马出发了。

开始一路很顺利，风景也很美，只是越往东北方向走就越冷，由于身上的衣服不够厚，我被冻得瑟瑟发抖。后来天上还下起了鹅毛大雪。我一直走到了晚上，四周漆黑一片。

我又冷又困，马也走累了，越走越慢。我心疼它，宁可自己挨冻，也要脱下身上的大衣给它披上。是该歇息一下了，可是我怎么也找不到住处，一路上连一个村庄都没碰到，甚至连一点儿声音都听不到。没有办法，我只好决定在旷野中过一夜。

我跳下马，发现周围连棵树也没有，只有一根小柱子竖在雪地上。随手将马缰绳拴在上面，我在附近找了一处背风的地方躺下，抱着猎枪进入了梦乡。

我真的是累坏了，一觉醒来，天已经大亮。我四下看了看，吃惊地张大了嘴巴：自己并不是睡在旷野中，而是在一个教堂的院子里，四周竟然是个村庄！这是怎么回事？我怎么睡在这里？我的马跑哪去了？

正纳闷的时候，突然一阵熟悉的马嘶声从头顶传来——是我的马在叫！我抬头朝声音发出的方向看过去，天哪！它居然被拴在教堂钟楼的十字架上，正四脚腾空，不停地扑腾着。

我的地理笔记

库尔兰

拉脱维亚的旧地名，位于该国西部，波罗的海沿岸；

16-18世纪，这里曾存在一个波罗的海沿岸的库尔兰公国；

18世纪后，库尔兰一度被瑞典占有，后来，又成为俄罗斯帝国的一个省；

第一次世界大战后，它成为拉脱维亚的一部分。

利夫兰

今爱沙尼亚南部和拉脱维亚大部地区；

历史上多次处于战争和被占领的状态。

我终于明白是怎么回事了。原来前一天晚上风雪实在太大了,掩埋了整座村庄,只剩教堂钟楼十字架的尖部露在雪外,我就在上面拴了马。夜里雪停了,太阳升起以后,积雪慢慢融化了。就这样,我在睡梦中随着积雪慢慢降落到地面上。而我那可怜的马因为被拴着,所以就被吊在了半空中。

我赶紧举起火枪瞄准缰绳,随着"砰"的一声枪响,缰绳断了,马从教堂顶上慢慢地滑下来,高兴地嘶鸣着回到我身旁。

村庄里一位好客的酒店老板热情地招待了我们。在我们享用丰盛早餐时,他告诉我:这么厚的大雪在这里并不稀奇,已经发生过好多回了。临走时,我塞给那位老板几枚金币作为报答,之后便精神抖擞地继续赶路了。

第三章

大黑狼拉雪橇

走了一段路之后,我觉得骑马不方便,就从商店购买了一辆质量上乘的雪橇。马儿飞奔起来,雪橇在软绵绵的雪地上快速滑过,我居然生出一种别样的感觉,好美啊!可是没过多久,我的眼皮就开始打架,可能刚才骑马太累的缘故,困倦来袭,我竟不知不觉睡着了。

突然,我被一声马的嘶叫惊醒,心里还在嘀咕着这里怎么会有马?等我完全清醒过来才发现,自己正置身于一片树林里。我坐在雪橇上,前面是我的白马,对面站着一匹黑狼,它正张着大嘴,露出尖利的牙齿,凶狠地盯着我们,似乎想要将我们一口吞掉。

我高度警觉起来,用手摸了摸自己的小心脏,恐怕今天就要命丧于此了!我闭上眼睛,不敢再看那只狼,心里想白马在我前面,如果黑狼要吃东西的话,肯定是先吃它,不禁又庆幸了一把,甚至脑海中还出现了黑狼吃白马的血腥场面。可是,就在我浮想联翩的时候,我感觉自己的身子突然向后倒去,我急忙伸手抓住车沿。

睁眼一看,原来白马疯了一样飞奔起来,看似软弱的白马,居然做了最后的拼命一搏。黑狼被激怒,在雪橇经过它身边时,它一个箭步扑向了可怜的白马。我不知道黑狼有没有看到我,可能在白马的掩护下,也许没看到,毕竟和白马比起来,我显得很弱小。我努力缩小自己的存在感,可是依然忍不住去看厮打在一起的黑狼和白马。

受到马鞍和雪橇的牵绊,白马很快就被饿狼扑倒,片刻工夫,白马的后半身子就一片血肉模糊。可白马毫不气馁,似乎不觉得痛一般依然继续往前奔跑。我知道,假如白马倒下,后果将不堪设想,

我的地理笔记

圣彼得堡

位于俄罗斯西北地区，是俄罗斯第二大城市；

始建于1703年，曾被沙皇彼得大帝定为首都；

这里曾做过200多年首都呢。

是由岛屿和桥梁组成的城市，全市有近百个岛屿和400多座桥；

俄罗斯第二大交通枢纽，拥有全俄最大的海港；

还是文化名城，普希金、莱蒙托夫、高尔基等人都曾在这里留下足迹。

求生的欲望刺激着我立刻扬起马鞭，拼命向黑狼抽去。

黑狼疼痛难忍，一通胡乱撞击，这时受伤的白马从驾具滑出，黑狼居然套进了白马原来的位置——驾上了车辕，戴上了笼头。它似乎感受到自己被禁锢了，可是无论怎么挣扎也逃不脱，这个笼头居然成了我的保命符！

于是，我使出全身力气，一鞭鞭地抽打黑狼，它便拉着雪橇飞快地往前跑。这速度比白马的速度快多了，没用三个小时，我们就到了 **圣彼得堡** 。当地居民看到我们，竟然一点儿都没有惊讶，大概他们把黑狼当成猎狗了吧。

第四章
老将军喝不醉的秘密

在俄罗斯，有很多可娱乐的地方，让人们赞叹不已。活动也丰富多彩，吸引着有钱的贵族纷纷前来。

在这里，我应征入伍。不过在正式参军之前，还要待一段时间，因此这段时间我过得很是悠闲。有时我会不分白天黑夜地打牌，有时也会在满是酒鬼的酒馆中喝个痛快……

俄罗斯确实是个很冷的地方，它的严寒全世界闻名。当然，当地人对酒的喜好也是举世无双，因此在俄罗斯的社交场合，酒也就占据了重要地位。

我经常会和一些品酒方面的名家一同畅饮，和他们切磋喝酒技艺。其中，有一位老将军，酒量无人能敌。他胡子花白，脸色紫铜，头盖骨竟然少了上半部分，听说是在与土耳其人的战斗中被打掉的。如果是第一次来酒馆的人，听说了他的故事后，都会有礼貌地请他摘下帽子看看，而老将军每次都会耐心地向他们解释一番。

与这位将军相比，其他人饮酒只能算作外行了。每次吃过饭后，老将军一般都会痛饮几瓶葡萄酒，然后再喝一杯烈性酒。有时候，这一过程还会重复几轮。可是看他的神情，却没有一点儿喝醉的样子。

对于这件事，我十分好奇，甚至很久都无法参透其中的奥妙。后来，通过仔细观察，我终于发现了老将军酒量惊人的秘密。原来，他喝酒后总会抬抬自己的帽子，让发热的脑袋散散热，这本来无可厚非，但他抬帽子的同时，也会将脑袋上的一块银片（人造头盖骨）掀起来，喝入体内的酒精就会化作酒气，从头顶飘走了。

解开这一谜团后，我告诉了在座的几位好友，并自告奋勇地通过实验来验证这一猜测的准确性。这天，正赶上晚饭时间，我们在同一个餐桌上进餐。我拿着烟斗悄悄走到老将军背后，当时他正要把帽子放下，我迅速地用燃烧的纸烟点燃了他头顶升腾的酒气。刹那间，将军头顶的酒气变成了一根湛蓝色的火柱，比所有圣人头上的光环都要华丽缤纷，真是让人叹为观止。

　　对于我的恶作剧，老将军既没有责备，也没有恼怒，反而允许我再试验一次。我对他不禁深感敬佩，他的形象也显得更高大了。后来我又进行了几次试验，每次都成功了。

第五章

天大的好运气

一天早晨，我从睡梦中醒来，睁开眼朝窗户外眺望。结果，眼前出现的一幕让我张大了嘴巴。天哪，窗外不远处有个大池塘，很多野鸭正在水面上觅食，密密麻麻，乌压压一片！

怎么来了这么多野鸭？！我心中暗暗惊叹，同时也为自己可以烧烤野味而备感欢欣。

我来了精神，赶紧跳下床，穿好衣服，从墙角抓起猎枪，三步并作两步往楼下冲去。我跑得实在太匆忙了，下楼时不小心一头撞在了门柱上，顿时眼冒金星，差点晕过去。站定后，我用手揉了揉额头，提着枪继续往外冲。

出了家门，那些野鸭还在那里，我暗自庆幸鸭子们没发现我！为了不惊扰它们，我一点一点地悄悄靠近。很快，我就到达了有效射程范围内。

我屏住呼吸小心观察，然后举起猎枪，瞄准了野鸭群。这时，我突然

发现猎枪撞针竟然不见了!我回头往来的路上看了看,没有!我又仔细想了想,很可能在刚才撞上门柱时,不小心将枪里的撞针碰掉了。

怎么办?没有撞针就没办法点燃火药,猎枪就成了摆设,用不上了。我冥思苦想,大脑飞速地转着,终于想到一个好方法。我再次举起猎枪,瞄准了野鸭。之后,我腾出一只手,攥紧拳头,狠狠地朝自己的一只眼睛砸去。这时,被重拳击中的眼睛迸出一连串火星来。而这点火星,恰好点燃了猎枪的火药。

"砰!"随着一声清脆的枪声,子弹击向鸭群,野鸭四散开来。我跑过去一看,有几只野鸭被击中了。本来我还想再射几只,可是看看漂在池塘上的猎物,我便决定停手了。因为我那一枪居然射死了五对鸭子、四只红颈鸟,还有一对骨顶鸡。

我欣喜若狂,回家取来一根绳子,将这些猎物的脖子系在一起,拉着它们回了家。

我决定让附近的朋友们都来分享这些新鲜的野味,于是将他们一个个叫过来。大家一起蒸煮,一起享用美食,真是高兴极了。

看到我一下子捕获了这么多野味,一个朋友问我是如何做到的。我告诉他们,就在前面的池塘里猎的。他们似乎不相信,最后我们相约,以后要常盯着大池塘,争取多捕猎几次。

当然,这还要靠个人运气。我知道,自己的运气一直都非常好,在其他国家旅游时也同样如此。

第六章

猪油钓野鸭

有一次,我在打猎时偶然经过一个小湖边,看到十几只野鸭正在那里悠闲地觅着食。我本想把它们都猎到手,但遗憾的是,当时我的枪膛里只剩下最后一颗子弹了。

这时候,我突然想起自己的背包里还有吃剩的干粮——一块猪油。我立刻把它拿出来,又找出一根长长的牵狗绳,把它拆成4股,再一根根接起来拉直,绳子就变成之前的4倍那么长。

我把猪油紧紧地绑在绳子的一端,然后悄悄躲进湖边茂密的芦苇丛。之后,我使劲将系着猪油的那一端绳子用力抛向野鸭,双手牢牢地抓着绳子的另一端,屏住呼吸,静候猎物上钩。很快,距离诱饵最近的一只野鸭发现了"美食",它游过来,一口将猪油吞了下去。其他野鸭看到了,聚集过来,引发了围抢。而绑在绳子上的那块猪油可能太滑了,还没等消化,就从那只野鸭的屁股里滑了出来。

第二只野鸭看到了,飞快地游上前,也一口把猪油吞入肚中。结果同第一只野鸭一样,猪油也从它的屁股里滑出来。紧接着,第三只野鸭、

第四只野鸭……猪油在所有的野鸭体内作了一次短暂的旅行后,仍好好地绑在绳子上。野鸭们都吓呆了,只能任我摆布,十几只野鸭挂在牵狗绳上,像一颗颗珍珠串联在一起。

我愉快地将野鸭串使劲地往上拉,然后把多出来的绳子紧紧地绕在自己身上。我还美滋滋地想着,这些鸭子很快就要成为我的美食了。可是,我回家还有一大段路程,拖着这一群鸭子,并不轻松。这时,鸭子们慢慢醒了过来,恢复了元气和野性,在强烈的求生欲驱使下,它们开始不停地扇动翅膀,一串鸭子竟然腾空飞起,把我也带到了天上。

别人遇到这种事肯定会惊慌的,而我则借势而行,将身上的燕尾服的燕尾当作"舵",控制住方向,让这串鸭子朝我家的方向飞去。

不久,快到我家小屋的上空了。我准备减慢速度,以便于安全降落。于是,我挨个按下鸭子的头,示意它们减缓飞行速度。没承想,这个方法非常管用,鸭子竟然通过我家的烟囱平稳地降落到炉膛中央,好在当时炉子还没有生火。

我从炉膛中爬出来,浑身黑漆漆的,手里还拎着一串鸭子。厨房里的厨师看到这个情景,都惊讶得说不出话来,他们怎么也搞不懂,我是如何从烟囱里出来的。

第七章

鞭打黑狐狸

还有一次，我在俄罗斯的一座茂密的森林里打猎，一心想打些大家伙，比如，狼、鹿等。当然，如果能打到一只狐狸就更好了，因为我想要用狐狸皮做件皮袄。一想到自己就要穿上狐皮袄，打猎自然也就有了动力。

一路向前走去，我碰到了一些刺猬、兔子等小猎物。但我都放过了它们，因为它们都不是我的目标。我四下里仔细搜索着，希望自己能够心想事成。

突然，在一棵大树后，我发现一个黑色的东西在动。

我停下了脚步，不敢出声，根据经验，我觉得它可能是只黑狼。黑狼的感官很敏锐，我不想惊动它，便掩藏起自己的身子。

我透过树叶往外看，那黑色的家伙渐渐站直了身子，最后居然抬起了头，呀！是一只黑狐！我差点喊出来。这可是我梦寐以求的猎物，没想到今天居然遇到了。

这只黑狐狸皮毛油光发亮，长得特别美丽，非常迷人。据说，这种颜色的狐狸曾在日本出现过。真实与否，我并不知道，因为我也没见过。

我想，如果用铅弹或霰弹射击的话，很可能会伤了它的皮毛，着实令人可惜。怎么办？

在我犹豫不决的时候，狐狸向我走来。我立刻退下子弹，

| 第七章·鞭打黑狐狸 |

拿出一根长木钉,代替子弹压入枪膛。当狐狸逐渐靠近一棵大树时,我猛地扣动扳机,直接将狐狸的尾巴钉死在树干上。

狐狸被牢牢地钉在树上后,我不慌不忙地走过去,举起鞭子使劲儿抽打它,刚开始的时候,狐狸还挣扎了几下,但后来终于扛不住了,只能任由我抽打。最后,它拼命挣扎,忍着疼痛从光滑的皮毛中抽出肉身,落荒而逃了。这种独到的鞭打技巧,真是旷世奇迹!

得到漂亮又完整的皮毛后,我马上回家将它处理干净,后来就用它做了一件又漂亮又保暖的狐狸皮夹袄。穿在身上,我也似乎年轻了很多,活力四射。

我给 **莫斯科** 的朋友写了一封信,讲述了这件事,他对我大加赞赏,甚至还想用自己的宝贝换我的狐狸皮夹袄,我都没有答应。

我的地理笔记

莫斯科

俄罗斯的首都,一座国际化大都市;

位于东欧平原中部,横跨莫斯科河与支流亚乌扎河两岸;

与伏尔加河上游入口和江河口相通,是欧亚大陆的重要交通枢纽;

城市规划优美,绿植覆盖率高,被称为"森林中的首都";

也是历史名城,著名的克里姆林宫所在地;

纪念品套娃,是莫斯科传统工艺品的象征。

21

第八章

野猪猎杀记

在这个世界上，经常会发生一些由坏变好的事情。不久之前，我就经历了一场"歪打正着"的奇遇。

那天，我在森林里狩猎，在密林深处发现了一头母野猪和一头小野猪。小野猪在前面，一路小跑，母野猪紧紧跟在它屁股后面，母子俩一前一后，玩得不亦乐乎。

我一眼就相中了这头小野猪，于是立刻举枪射击。可惜没有打中，受到惊吓的小野猪自顾自地往前跑了。而母野猪并没有离开，仍站在原地一动不动，好像被钉子牢牢固定在地面上一样。

我上前仔细一看，发现它原来是瞎子，嘴上还咬着小野猪的半截尾巴。它本来是咬着小野猪尾巴，由小野猪带着它走的，此刻正等着逃跑的孩子回来继续引导它。当时，子弹好巧不巧打断了小野猪的尾巴，小野猪跑开了，而母野猪没有了向导，只好停了下来。

我突发奇想，上前拽了一下咬在母野猪嘴里的那根尾巴，没想到母野猪竟顺从地朝我这边来了。于是，我不费吹灰之力就将这头无助的母野猪带回了家。

我想，如果这只野蛮的母野猪眼睛不瞎，确实是非常可怕的，假如是公野猪的话，它的凶猛程度和攻击能力会更强大无比。

很久以前，我就曾在森林里遇到过一头强悍无比的公野猪。我一时措手不及，没有自卫准备，只好拔腿跑到一棵大树后面暂时躲避。没想到，那头气势汹汹的野猪发疯似的向我直冲过来，但没有咬到我，竟将锐利的獠牙深深扎入树干里。哈哈，它一时拔不出牙来，更没办法再向我发动攻击。

第八章·野猪猎杀记

我抓住时机,立刻捡起一块大石头,拼命地把野猪的獠牙向树干里敲打,最后像铆铁钉一样把野猪的獠牙牢牢钉在树干上,野猪再也无法脱身了。

然后,我从最近的村庄里借来手推车和麻绳,将大野猪捆绑起来,安全地推回家。

不得不说,这件事我干得非常出色,自己都感到非常自豪。不过后来,我经常会想起那头逃跑的小野猪,不知道它的伤势如何,是死了,还是活着?抑或被大型动物吃掉了?

让这对母子分离,并非我的本意,但我的确是直接造成这种结果的罪魁祸首!

第九章
头上长樱桃树的鹿

先生们，众所周知，猎人的守护神是圣·霍佩格斯。关于他的故事，大家也听说过很多。据说他曾在森林里遇到一头体态健硕的公鹿，这头公鹿的犄角之间还长着神圣的十字架。

每年，我都会跟社会名流一起拜祭守护神，也看到过很多次带有十字架的公鹿，不过它只是被画在教堂的墙壁上，或被绣在圣·霍佩格斯骑坐的星标上。但我不确定，过去是否出现过带十字架的公鹿，也不知道今天是不是还有这种鹿。

下面，请你们听听我亲眼目睹的事情吧。很久以前的某一天，我出去打猎，把所有的子弹都打光了。在回家途中，我遇到了一只雄壮威猛的公鹿。公鹿神气活现、大摇大摆地向我走来，丝毫不把我放在眼里，好像早就知道我子弹用光了一样。它紧紧地盯着我，似乎要将我的身体顶出一个大窟窿。

虽然子弹用完了，但火药还有。我从口袋里摸出满满一把樱桃核，立马将火药和果核一起装入枪膛，举枪瞄准鹿头。"砰！"樱桃核射中了公鹿两只犄角间的额头。但樱桃核毕竟不是子弹，公鹿踉跄了几步，看了我几眼，立刻摇晃着脑袋逃之夭夭了。

一两年后，我再次来到这片林子里打猎。你们猜，我看到了什么？我看到一只斑斓绚丽的鹿，它站在山腰间，身材魁梧，而头顶两角之间竟然长着一棵10英尺[①]高的樱桃树，还长得十分茁壮！

我仔细察看了一番，这头鹿似乎以前见过。突然间恍然大悟，我想到了之前的冒险经历。原来先前"埋"下的种子，如今已经生根发芽，枝繁叶茂。没想到，公鹿的头上居然是一块适合种植的"沃土"！

公鹿盯着我，一动不动，似乎和我一样，想起了过去的事情。我已经将它视为我的合法财产，便开了一枪，公鹿应声倒地。看，我的收获是不是很大？不仅可以烤肉吃，还有樱桃汁喝。樱桃树上结满了果实，这样鲜美的樱桃我还没吃过呢。

注：① 1英尺=0.3048千米

谁能保证说，哪一位神圣的打猎迷，比如说一位对狩猎感兴趣的主教，不会通过我这种方式将一枚十字架不偏不倚地射在鹿的犄角间呢？那些先生之所以闻名于世，历来都是因为他们有胆有识，敢于为公鹿安上一枚十字架。一个有英雄气概的猎人，即使遇到生命危险，也会先做了再说。

第十章

与野熊的较量

有一次，天空晴朗，我随身携带了火药，在 **波兰** 的一片森林里打猎。

正要回家的时候，我突然被一声猛兽的尖叫声惊醒。我回过神来，发现一头巨熊从树丛中跳出来，张着血盆大口向我直扑过来，那气势简直要将我一口吞掉。

我有些蒙，翻遍了所有的口袋，希望能找到子弹或火药，结果除了两块打火石，什么都没有。我握着两块打火石，将其中一块奋力扔进巨熊的血盆大口，结果打火石从熊的口腔一直滑到他的食道深处。巨熊疼痛难忍，被迫朝左转过身去。

我轻舒了一口气，突发奇想，趁巨熊将屁股转向我时，把剩下的另一块打火石快速扔进它的肛门里。没想到这一招非常奏效，打火石不仅进去了，还在巨熊的肚子里撞击到了另一块打火石。结果，随着震耳欲聋的爆炸声，这头巨熊被活活炸死了。我知道，尽管这次死里逃生，但这样的花招还是不能多用。

与巨熊较量像是老天故意给我安排的一样。每当我弹尽粮绝、丧失反抗能力时，森林里最残酷和最危险的野兽往往就会在密林深处虎视眈眈地望着我，并伺机向我发动突然袭击。

之后，我还跟野熊有过一次较量。

我的地理笔记

波兰

位于中欧，濒临波罗的海；

周围与乌克兰、白俄罗斯、德国、捷克和斯洛伐克等国为邻；

首都华沙被誉为"世界绿都"，绿化非常好；

境内地势平坦，大部分都是平原；

全国属温和大陆性气候，降水集中在夏季；

哥白尼、居里夫人、肖邦等名人都出生在这里；

波兰的伏特加酒在全世界也很有名。

波兰有世界上最烈的酒。

那天，我打完猎后，正坐在一块大石头上休息，计划休息好了，就带着猎物回家。我检查了一下猎枪，还有一颗子弹。为了提高打火效果，我一边休息，一边用小刀将猎枪上的打火石拆下来，稍稍磨尖一些。

可就在这时，一只大得吓人的野熊向我蹒跚走来。我唯一能做的，就是"嗖嗖"几下爬上身边的一棵大树，直到树顶才停下来。可不幸的是，我只顾爬树，却将刚才用过的小刀掉在了树下。现在，我手上没有任何工具可以拧上猎枪上的那颗螺丝。我低头看了看，小刀就插在树下的雪地上，我只能用渴望的眼神望着它。

怎么办？野熊仍站在大树下发狂。我不敢有丝毫懈怠，担心它也会爬上来。我急切地望着小刀，突然一个绝妙的主意在脑海中闪现。

我使劲儿向小刀的方向撒了一泡尿，恰好落在小刀手柄上。当时，天气特别寒冷，滴水成冰，落在刀柄上的尿液形成了一道奇长的冰凌，一直延伸到大树最低的枝杈上。

我迅速抓住冰凌的上端，小心翼翼地把小刀拉了上来。之后，我快速调整好猎枪，而恰好野熊也爬了上来。于是，我便送了它一颗子弹，枪响后，可怜的巨熊就倒在地上了。

第十一章
勇战大狼和恶狗

一天，我又一次走进了森林，多么希望自己能够多收获点猎物。我左看看右看看，不时会有一两只山鸡从我身边闪过。虽然孤身一人在森林里，但我一点都不感到寂寞。因为，这些小动物就是最好的陪伴。

我一路哼着小曲，无意间来到一条从没走过的小路。突然，一阵冷风吹过，只见一只凶猛的恶狼张着血盆大口，朝我猛扑过来。我急忙一闪身，躲到一棵大树后面。饿狼扑了空，瞪着血红的大眼睛，狠狠地盯着我，恨不得将我一口吞入腹中。

我小心地伸出半个头来，仔细观察着它。它体形很大，我缩回头，闭上眼睛，努力想着自救方法。

可惜的是，我的思考赶不上饿狼的动作快。当我再次睁开眼睛的时候，饿狼已经站到了我的对面，而且随时准备向我扑来。

我有些措手不及，只是本能地紧攥拳头，机械地向恶狼的大嘴中捅去。为了防止它把我的手咬断，我拼命地把拳头往狼的嗓子眼儿里塞。那头狼被我的拳头弄得狼狈不堪，凶恶地瞪着我，狂怒的眼睛里，闪闪地放着凶光，却无计可施。

当时，情况非常危急，如果我把手缩回来，那狼一定会把我撕碎。于是我只好继续将拳头狠命往恶狼的肚子里伸，向下捅，再向下捅，直至将整条胳膊几乎都伸到了恶狼的肚子里。

最后，我索性用力抓住恶狼的内脏，再使劲来了个大翻转，就像把一只手套的内外面完全翻转过来一样。恶狼经不住这番折腾，很快没了力气，当场一命呜呼。

像这种与狼搏斗的方式，是万万不能用在一条疯狗身上的。一次，在圣彼得堡的一条小巷里，我与一条疯狗不期而遇。我想，跑吧，我自然不会比它差。但为了跑得体面一些，我把身上那件外衣一扔，趁着恶狗对付大衣的时候，自己则飞快地躲进了家里。

仆人约翰尼斯看到我惊慌失措的样子，不知道究竟发生了什么事。

他拿起一根棍子走出去，将我的大衣捡回来，放进我的衣帽间里。

第二天，只听约翰尼斯大声狂喊："我的上帝，男爵先生，您的外衣发疯啦！"

我半信半疑，急忙打开壁橱，发现所有的衣服全被那上衣撕得粉碎。当时，它正扑到一件十分精致的新礼服上，没头没脑地在那儿乱咬呢。我想，都是那疯狗惹的祸。

| 吹牛大王历险记 |

第十二章

我可怜的忠犬啊

我有两只狗,它们为我做事,赤胆忠心。其中有一只是猎犬,它不知疲劳,不管白天黑夜,小心谨慎地随时听我传唤。

新婚后的某一天,我太太兴致勃勃地对我说:"我想跟你一起去狩猎,可以吗?"见她这么感兴趣,我没有理由不答应。于是,我带着猎犬特雷先行一步,出去寻找猎物。她和少尉、侍从、马夫等人随行在后面。

我走了没多久,就发现了一大群松鸡,有几百只那么多。我一边猎松鸡,一边在那里等我太太一行人。但等了很长时间,也不见他们的踪影。我实在有些着急,便决定返回去找他们,并让我的猎犬看守着那些松鸡。

我忐忑不安地按照原路返回,刚走一半路程,就听到一阵阵凄惨的呼救声,似乎近在咫尺。我跳下马背,向四周看了看,一个人都没有,哪来的呼救声呢?我又俯下身,将耳朵贴近地面,这才听到断断续续的呼救声是从地下传来的。我四下仔细搜寻,发现不远处有一口废弃的石煤矿井。不出意外,我太太和随从等人肯定是不小心跌入了那口废矿井中。

没有多想,我飞快地跑到最近的村庄,请求人们出手相救。在大家的帮助下,用了很长时间,我才将落井的人全部救了出来。先上来的是马夫和他的马,接着是少尉、侍从和他们的马匹,最后是我太太和她的 **土耳其** 马。

不得不说,人和马跌入那么深的矿井中,居然都安然无恙,真是个奇迹!经过此番历险,打猎是没办法继续了,我们只好回家了。

我的地理笔记

土耳其

横跨欧亚两大洲的国家;

领土包括西亚的小亚细亚半岛和巴尔干半岛的东色雷斯地区;

北临黑海,南临地中海,西临爱琴海,与叙利亚、希腊等国为邻;

地理位置优越,是连接欧亚大陆的十字路口;

境内的土耳其海峡,则是沟通黑海和地中海的唯一通道;

地形复杂,有沿海平原,也有山区草场,植物资源非常丰富;

郁金香是这里的国花。

郁金香在3-5月开放。

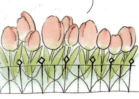

第二天早晨，因为工作需要，我告别新婚妻子，踏上了新的旅程。14天后，我才风尘仆仆地回到家里。但回来好几个小时，都没看到我的猎犬。我带着仆人一起出去寻找，却一无所获。我十分纳闷，难道我离家期间一直没有人照料它吗？可家人都以为猎狗随我一同外出了。

想到朝夕相伴的猎犬不见了，我又难过又着急。突然，一个念头闪过我的脑海："会不会那狗还在监视着松鸡呢？"

我迅速赶到那天打猎的地方。果然被我猜中了，猎犬还站在14天前与我分离的地方。

我激动地大喊它的名字。之后，我开枪打死了25只松鸡。

可怜的猎犬已经精疲力竭，瘦得皮包骨头。我小心翼翼地把它抱到马背上，带它回家。经过几天的悉心调养，它才恢复健康，又像以前一样活蹦乱跳了。

第十三章

奇怪的兔子

有一次,我去打猎,追踪一只看起来很普通的兔子。但奇怪的是,这只兔子跑得特别快,我追了整整两天也没追上。我自认为一生经历了太多奇奇怪怪的事情,从来不信邪,但这次,我真有点怀疑自己的眼睛了。

我那只很忠诚的猎犬,一直紧紧地跟在兔子后面。虽然它一向奔跑的速度很快,但这次算遇到了对手,那只兔子的速度更快,好像不知疲倦一般,一直在飞快地奔跑。因为距离太远,我也没办法瞄准它。到了第三天,那只兔子终于进入了我的射程,我抓住机会,立即瞄准射击,成功猎到了这只兔子。

然后,我跳下马,来到这个好不容易打到的猎物跟前,拎起它仔细一瞧。你们猜,我发现了什么?

原来,这只兔子长了8条腿,除了身下的4条外,背上还长着4条。这样,下面的4条腿跑累了,它只要就地打个滚,一翻身,就可以接着用背上的腿继续跑了。怪不得它跑了那么久,速度都没慢下来,我们追了三天才追上。

第十三章·奇怪的兔子

说实话,若不是亲眼所见,我也不敢相信世界上竟有身体构造这么奇特的兔子。虽然我阅历丰富,但一生中也只见过一次而已,后来再也没遇到过这样的兔子。

再来说说我这只追兔子的猎犬吧,它一直是我的好伙伴,我给它起名叫特雷。它不仅速度快,嗅觉也非常灵敏,这些年我出门打猎,总是带着它。

有一次,它又跟着我去打猎了,当时它怀了小狗,跑得不是很快。我们没走多久,就看到一只很胖的野兔,看上去也怀了兔宝宝。特雷立刻飞奔上去,追赶这只野兔。我想,既然它们两个都怀了宝宝,一定跑不远,就让特雷慢慢追吧。我骑着马慢悠悠地跟在后面,不一会儿工夫,它们就跑出了我的视线。

突然,我听到前面传来特雷的叫声,还夹杂着其他犬吠的声音,只是比较微弱细小。我一时不明白发生了什么事,便快马加鞭赶过去。天哪,当时的情形真是出乎我意料,可谓奇事一桩。

原来,那只野兔在躲避特雷的追捕途中,生下了5只小兔子。而与此同时,特雷也生产了,生下了5只小狗,细微的犬吠声就是小狗们发出来的。

母兔带着小兔子们依旧逃跑,特雷则带着它的孩子们分头去追。小猎犬们虽然刚出生,但都很能干,所有的兔子都没能逃掉。最后,我带着6只兔子和6只猎犬回家了,真是一次大丰收啊!

第十四章
受到隆重欢迎的"熊将军"

那位特别能喝酒的老将军，名叫斯科本丹斯基，是我在华沙认识的。在俄国与土耳其的战争爆发之前，我就服了兵役。我所在的军团驻扎在临靠土耳其边界的一座小城附近。

一天清晨，我碰到一个农夫，他准备驾车到森林里拾几袋油果子和松子。恰巧那天是我们的休息日，我就陪他一起去了。

我们下车后在树林里摘果子，再把果子捧到车上装进布袋里。布袋刚装满一半的时候，传来一阵奇怪的吼声。原来，在离大车不远的地方，出现一只巨熊，可能它闻到了喜爱的果子的味道，正十分喜悦地往我们的大车上爬呢。它把前爪伸进一只布袋，抓了满满一把果子投进嘴里。

农夫惊讶得张大了嘴巴，眼睛也瞪得圆圆的，不知如何是好，而我手上也没什么武器，猎枪被落在车上了。此时，巨熊正站在那把枪旁边，十分平静地扫视着四周，然后又若无其事地抓了一把果子塞进嘴里。

农夫已经被吓傻了，他的马也躁动不安起来。看着马儿不断扭着身子，他才清醒过来，喊了一声："驾！"

马听到主人的吆喝声，快步向大路奔去。这时，巨熊发现自己下不了车了，发出可怕的吼叫声，那叫声吓得马儿更没命地跑起来。于是，马载着嘶吼的熊，奔向部队驻地。

碰巧的是，当天上午部队全员正等着斯科本丹斯基将军前来视察。大家正全副武装地站在那儿，步兵、骑兵、炮兵、狙击手和工程兵等都已整装列队，连附近

我的地理笔记

华沙

华沙
波兰的首都，位于维斯瓦河两岸，波兰的中心；

城市面积达516平方千米，是国际化大都市；

美丽的维斯瓦河流过市区，两岸绿草如茵，树木葱茏；

市内高楼林立，拥有许多摩天大楼构成的"天际线"；

世界上绿化最好的城市之一，有大小公园60多座呢；

华沙古城，被列为世界遗产。

酒在这里备受欢迎。

华沙人特别爱喝酒，尤其喜欢喝啤酒、伏特加和其他烈性酒的。

| 第十四章 · 受到隆重欢迎的"熊将军" |

的政府官员和几百名群众也来了。

这时,大路上尘土飞扬,人们都以为是老将军到了。吹管乐的军乐手都把乐器放到了嘴边,旗手们也都准备完毕。只听指挥官大喊:"将军到!"军乐队便开始奏起俄国国歌,旗手们也挥动起国旗和军旗,士兵们高声欢迎,响声震天动地!

受惊的马儿在一片欢呼声中到达现场,在仪仗兵前停了下来。大概是跑得太快了,它刚停下就跌倒在地上。而巨熊呢,此时正立在装果子的布袋旁,惊奇地看着周围。

我和农夫在后面拼命奔过来,我跑在前面,在车刚刚停下的一刹那,先一步登上大车,并一把抓住了熊的尾巴。然后,我一使劲儿,就把它从车上拽下来了,再下狠劲儿一摔,熊当场被我摔死。

音乐停下来,大家定睛一瞧,才知道刚才列队欢迎的竟是一头熊。后来,人们将它制成标本,陈列在基辅的动物博物馆里。

第十五章

战场上的半匹马

不是我自吹自擂,除了酒量好、枪法精准外,我的骑术也是一流的。

一次偶然的机会,我向世人展现了精湛的骑术,还获得了一匹举世无双的好马。有关它的故事,我一定要说给你们听,因为在随后和土耳其的战役中,它给我带来了无数次好运,让我屡立战功,受人敬仰。

一次,我在 **立陶宛** 的普尔佐波夫斯基伯爵的豪华庄园里做客。我跟贵妇们在客厅里喝着茶,男人们则都到院子里欣赏一匹纯种马驹,它是刚刚被人从著名的种马场牵来的。

突然,我听到一阵急促的呼救声,于是飞快地冲了过去。原来,这匹马驹正在奋力反抗靠近它的人们。它身形矫健,英姿飒爽,同

我的地理笔记

立陶宛

欧洲国家,位于欧洲中东部,波罗的海东岸;

与拉脱维亚、爱沙尼亚并称为"波罗的海三国";

周围邻居还有俄罗斯和白俄罗斯、波兰等;

境内地形以平原为主,最高点海拔还不到300米;

有许多湖泊,也是欧洲一个多湖国家;

森林面积广阔,约占了全国面积的三分之一呢。

第十五章·战场上的半匹马

时也桀骜不驯,怒目圆瞪,没人敢靠近它,更不敢驾驭它。即使是胆大的骑手,也拿它没有办法。

我没有多想,一个箭步跳上马背。这匹马突然受到惊吓,顿时暴跳如雷,打算将我从马背上掀下来。我怎么能让它如愿呢?我抓紧缰绳,双腿夹紧马肚子,随着它的身体左右摆动。凭借高超的骑术,不一会儿工夫,我就使它变乖顺了,再也不是当初那匹桀骜不驯的马了。

为了向贵妇们炫耀我的马术技巧,同时消除她们不必要的担忧,我骑着马直接从敞开的窗户跳进了茶室,在屋子里以各种骑姿来回兜圈,让它走起了碎步、慢步、快步等花步。

最后,我亮出了自己的一套绝活。我轻轻提了提缰绳,纵身策马跃上茶桌,表演了一整套马术特技。贵妇们大饱眼福,纷纷鼓掌喝彩。

这匹小马驹特别棒,不仅动作轻灵娴熟,姿态优美洒脱,而且几个回合表演下来,连一只茶壶或茶杯都没碰到,令人大加赞赏。在场的各位,都向我投来崇敬的目光。

主人见状,立即请求我收下他的礼物——这匹纯种小马驹。也许,他认为千里马终于遇到伯乐了吧。就这样,我无偿获得了这匹价值不菲的良马,并骑着这匹骏马去投奔了明尼希伯爵,参加了俄罗斯与土耳其的战斗。

这是一场挽回荣誉的战争。在战场上,这匹马非常勇敢顽强,一往无前。它驮着我冲锋陷阵,英勇无畏。

| 吹牛大王历险记 |

我的地理笔记

普鲁特河

东南欧的一条河流，属于多瑙河下游左岸支流；

发源于乌克兰的西南部山脉，向东南流淌，最终流入多瑙河；

全长约950千米，是罗马尼亚和摩尔多瓦的分界河；

中游建有水电站和灌溉工程等。

而我则依靠这匹小马驹，在战斗中屡立奇功。

很多人都知道，1711年，彼得大帝率领俄军与土耳其军队在**普鲁特河**一带交战，最终以失败告终。如今，我们在明尼希伯爵的带领下，同土耳其人进行了多次大规模的战斗。战士们都士气高昂，不畏艰险，舍生忘死，打了一个又一个漂亮的翻身仗。

有一次，我们包围了一个要塞，准备歼灭里面所有的土耳其人。战斗开始了，我率领自己的轻骑兵团，勇猛地冲在部队的最前面。我骑着刚烈的立陶宛骏马越跑越远，渐渐地脱离了大部队，不知不觉陷入了危险的境地。

大批敌军突然向我们猛冲过来，只见尘土飞扬，却不知他们离我们越来越近了。我看不清目标，摸不清对方的底细，于是准备利用尘雾将自己隐蔽起来。

我命令左右两翼部队迅速散开，把战线拉长，同时尽量也扬起尘土。为了更清楚地观察敌情，我策马扬鞭，冲锋在前。敌军摸不清我方底细，阵脚大乱，刚一交手便丢盔弃甲，纷纷向要塞退去。

我骑马冲在最前面，追击着败逃的敌人，并跟着他们冲进了要塞，最终我们攻占了这里。战斗结束后，我来到中心广场，这才发现，身边竟然一个人都没有，我成了真正的光杆司令。

我一边纳闷，一边骑着我的马儿来到广场的一眼水井边。马儿低头尽情地喝水，不停地喝，好像永远喝不够似的。

我回头看时，才愕然发现，可怜的马整个后半身，包括臀部、腰骶部和腰部，都不见了，就像齐刷刷地被切下

| 第十五章 · 战场上的半匹马 |

去了一样，前面喝进去的水都从后面哗哗地流淌出来。这是怎么回事？

这时，我的马夫匆匆赶过来，向我解释了事情的原委。原来，在我与逃跑的敌军一同进入要塞时，守城的敌军突然放下城闸，我可怜的马被齐刷刷地拦腰截成了两段。

我立刻掉转马头，骑着前半截马快速向城门外的一片草地奔去。好幸运呀，我找到了马的另一半。当时，那半截马正在草地上悠闲地玩耍。虽然没有头和眼睛，它还是那么本领高强，矫健有力。

军医知道了情况，赶紧用自己随身带来的月桂树嫩枝将马的两部分身体缝合起来。随着伤口渐渐愈合，很快我的马又重振雄风了。奇特的是，当初缝合伤口的月桂树枝在马的身上生根发芽，并逐渐长成一座由月桂树枝构成的小凉棚。从此以后，我外出旅行，再也不用怕风吹日晒了！

39

第十六章

骑着炮弹飞行

在某次战斗中，我们包围了一座城堡。那座城堡具体叫什么名字，我已经忘记了。陆军元帅需要精确情报，以了解城堡内的一切部署。

想要深入城堡摸清敌人的底细，并不是一件容易的事。中间要通过敌人的岗哨、卫兵和城防工事，再进入内部，简直难上加难，也许根本不可能做到。当时，在我们的部队中并没有这么艺高胆大的人，可以碰碰运气，完成这一艰巨的任务。

我这个人一向胆识过人，也有很强的使命感，因此在这紧要关头，挺身而出，来到最大的一门大炮旁边。这个时候，大炮正准备向城堡开火。我看准时机，纵身一跃，稳稳地骑上一枚正发射出的炮弹，牢牢地抱住了它。随着炮弹的发射，我骑着它一起飞向敌人的城堡。

我的目的，就是要让炮弹带着我飞进敌方城堡里去。可是，在炮弹飞行到一半的时候，我的心里又出现了各种各样的顾虑：进入敌营，可不是开玩笑的。我这样进去以后，还能出得来吗？如何能单枪匹马地在城堡里走动？敌人会不会认出我是间谍，然后将我吊死在绞刑架上……即使我获得为国尽忠的荣誉，但这样的荣誉，我想还是不要的好。

我有些后悔自己的鲁莽。我一边想着，一边观察着周围的动静。这时，正好有一枚敌人的炮弹从对方城堡飞来。越来越近，越来越近，当两枚炮弹擦肩而过的时候，我当机立断，立刻将双腿一蹬，跃上了那一枚炮弹。

尽管没有进入对方的城堡，但我在空中飞行的时候，已经细数了土耳其大炮的数量，敌人城堡内的部署情况也让我看得一清二楚。在这枚炮弹落地之前，我来了一个鹞子翻身，从炮弹上一跃而下，安全滚落到地上。之后，我便将那些精确的情报全部汇报给我的指挥官。

我的跳跃功夫，就是这样矫健和利落！我那匹坐骑，也是如此。我在全世界最笔直的大道上疾驰，任何篱笆或者坟丘，都不能阻挡我的去路。

| 吹牛大王历险记 |

第十七章

月上取斧

> **我的词语笔记**
>
> 苏丹
>
> 阿拉伯语中的尊称，最初指"力量""裁决权"等；
>
> 10世纪时成为一个特指统治者的称谓；
>
> 11世纪起为伊斯兰国家统治者广泛采用；
>
> 奥斯曼帝国的君主14世纪起称"苏丹"。

与土耳其人的战斗，并不是每次都能如我所愿。有一次我甚至不幸被捕了。更糟糕的是，按照土耳其人的惯例，我被卖为奴隶，成为土耳其 **苏丹** 花园里的养蜂人。

每天清晨，我都要按照要求将苏丹的蜜蜂放养到牧场上，晚上再让蜜蜂全部飞回各自的蜂箱。每天从事这样屈辱又繁重的劳动，真是让人厌烦。

一天傍晚，我发现少了一只蜜蜂，心里十分害怕。我看见前方不远处有两头大狗熊，正挥舞着利爪拍打蜜蜂，想将它拍碎，好获得蜂蜜。当时，我身边除了一把土耳其苏丹园丁专用的银斧之外，没有任何其他工具。

为了吓退它们，我"嗖"的一下将银斧投向两头大狗熊。一道银光闪过，狗熊们吓得落荒而逃，蜜蜂终于安全地回到了自己的家园。可是，由于我用力过度，银斧从狗熊头顶上掠过，画出一条弧线，向天空飞速而去，最后竟飞到了月球上。

我必须拿回银斧，因为那是土耳其苏丹园丁的唯一标志。如果找不回它，我相信那可比丢失蜜蜂的罪过大得多。怎样才能拿回我的银斧呢？我想了又想，突然想到土耳其菜豆长得特别快，而且能无限长高。于是我立刻在花园中栽下一棵菜豆，经过精心照料，菜豆迅速长大，并不断向上伸展，最后豆蔓竟真的爬到了月亮上，并牢牢钩住了月亮的一角。我大胆地沿着豆蔓往上爬，历经千辛万苦，终于来到了月亮上。

月亮上到处都闪烁着银光，要想找到我扔出的银色斧头，简直就是大海捞针。我耐心地进行地毯式搜寻，最后竟然在一堆谷壳和剁碎的干草堆上找到了银斧。

我准备带着银斧返回地球时，却发现炽热的太阳已经将豆蔓长梯烤干，一碰就碎掉了。怎么回家呢？我将干草整合到一起，编织成一条长草绳，然后将草绳的一端固定在月亮的一角上，顺着绳子往下滑。

我用右手抓着绳子，左手拿着银斧，每往下滑一段就把上段多余的草绳砍下，然后又重新接在下面。就这样，我滑了很长一段距离。可是，当我滑到一座农庄的上空时，草绳突然断了，我重重地跌落到地球上，昏了过去。

醒过来时，我发现自己从高空跌落下来时竟然将地面撞出一个大洞来。大洞里四周一片漆黑，我困在里面不知道怎么办才好。为了摆脱困境，我用自己保养了整整40年的指甲硬生生地挖出通道，最后从深洞里爬了出来。

第十八章

冰冻的号角声

后来,俄国与土耳其讲和,双方签订了停战协约,我和其他战俘一起被遣送回圣彼得堡。之后,我便与战友们分别了,并在大革命前离开了俄罗斯。

当时,整个欧洲都笼罩在极度严寒之中,太阳似乎都被冻伤了,躲起来很长时间没露面。回国途中,我遇到了更大的困难,比我去俄罗斯的路上所遇到的困难还要大。

我将骏马留在了土耳其,自己乘坐邮车回国。旅途中,我们拐进了一条羊肠小道,两边是由荆棘和灌木丛组成的篱笆。为了不跟其他车辆在这里发生碰撞,我建议邮车夫吹响号角。

车夫听从了我的建议,憋足力气,使出很大的劲儿吹起号角来。可是,所有的努力都白费,因为号角一点儿声响也没有。我正纳闷,号角怎么变成了哑巴时,大麻烦就来了。

一辆特大的马车从对面飞快地跑过来,两辆马车根本无法在狭窄的道路上并排通过,情况万分危急。我急中生智,迅速从自己的车厢里跳出去,拉住缰绳,快速把马具卸下来,把车厢、轮子和邮包等全都扛在自己肩上,然后纵身跃过数米高的灌木丛,跳到平坦的田埂上。等那辆马车过去,我又跳回来,腋下夹上马,一边一匹,照老样子又做了一遍,之后又把马具给它们套好。

其中有一匹马比较年轻,性情刚烈,脾气暴躁,当我准备再次跳过灌木丛篱笆时,它不断地打响鼻以及踩蹄,表示抗议。我赶紧制止了它的鲁莽行为,把它的两条腿塞进我的上衣口袋,把它驯得老老实实。

经过艰辛的长途跋涉,渡过了重重磨难,我们终于抵达了下一

我的历史笔记

普鲁士

曾存在于欧洲中北部的一个国家或地区;

常指1525-1701年间的普鲁士公国,1701-1918年间的普鲁士王国以及普鲁士自由邦;

德意志统一之前,是这块大陆上最强大的两个邦国之一;

19世纪,它通过普法、普奥等一系列战争,统一了德意志大部,建立了强大的德意志帝国;

1947年,"普鲁士自由邦"被宣布解散,完全归入德国;

在历史上,普鲁士是第一个实施义务教育的国家;

它也是德国近代精神、文化、秩序的代名词呢。

个驿站。

这时候,太阳已经落山,我和车夫靠在了温暖的火炉边。车夫先把身上的尘土掸干净,然后把号角挂在厨房火炉旁的一枚钉子上。这时,屋里突然响起了嘹亮的号角声,"嘟、嘟、嘟!"

我们吃了一惊!原来,车夫刚才吹号角时,声音被寒冷的天气冻住了,所以发不出声来;而现在号角暖和了,被冻住的声音又从号角中流淌出来,没想到声音一点都没变,无论旋律还是音质,都和以前车夫吹出来的一样棒。

号角自动吹奏了很久,就像收音机播放音乐一样,我们从中听到了很多歌曲,有《 普鲁士 进行曲》《没有爱情和美酒》《冷酷的心》《亲爱的堂兄弟米歇尔》以及其他许多小调,还有小夜曲《万籁俱寂》,最后以《诙谐曲》结束了。

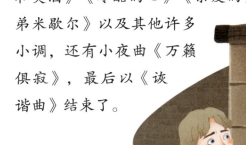

第十九章

大风暴与新国王

下面,我来讲讲我的第一次海上旅行吧,那是在去俄罗斯之前很久的事情了。

我说过,在我很小的时候,就受父亲的影响,喜欢冒险和旅行,渴望去看看外面的世界。但我母亲并不同意,总以担忧我的安危为理由,不允许我远行。不过,机会终于来了。我的一位远房表叔来家里做客,他是一位骑兵上校,留着一脸黑胡子,也是个爱冒险的人。他非常喜欢我,对我的梦想表现出了极大兴趣。而且,他的口才特别好,凭借三寸不烂之舌,终于劝服了我的母亲,让她同意我随表叔一起去锡兰(斯里兰卡)旅行。听说,他曾在锡兰做过长官。我简直太开心了,高兴得手舞足蹈,心潮澎湃。

很快,我们便收拾好行李出发了。带着荷兰国王的重要信函,我们从 阿姆斯特丹 起航了。一路上风平浪静,直到登陆沿途的一个小岛,发生了一件不可思议的事情。

当时,我们刚登上那个小岛,想补充些食物和淡水,烧点热水喝,突然天空乌云密布,电闪雷鸣,平静的大海狂风大作,滔天巨浪铺天盖地向我们压过来。一场可怕的大风暴来了!

狂风暴雨肆虐,就算参天大树也被连根拔起,重重地抛向空中,要知道有些大树甚至多达几万公斤重。

大树被狂风吹到高高的天空,然后像小鸟的羽毛一样随风飘荡。令人难以置信的是,暴风雨过后,刚才随风飘荡的大树又奇迹般地垂直落回到原来的位置上,并立刻生根吐绿,和之前一模一样,就

我的地理笔记

阿姆斯特丹

荷兰的首都,位于荷兰西部的北荷兰省;

荷兰最大的城市,也是欧洲著名的国际贸易大都市;

气候非常宜人,受北海气流影响,属温带海洋性气候;

这也是一座水上城市,拥有大小160多条水道,密密麻麻的水道将大街小巷分割开来,构成一座"北方威尼斯";

这里的节日很多,据说一年最多曾举办过约140次节日庆祝活动;

大多数庆祝活动在女王日、文化季期间举行,它也因此被称为"节日之都"。

坐游船可以观光这座水上城市。

第十九章·大风暴与新国王

阿姆斯特丹

像什么都没发生过似的。但是,只有最大的一棵树例外。

暴风雨来临时,一对朴实的农民夫妇正在树上采摘黄瓜,因为这里的黄瓜是长在树上的。两人来不及从树上下来,就跟随被连根拔起的大树飞上了天空,来了一场空中旅行。由于他们俩增加了大树的重量,大树没办法落回到原来的位置,只能以水平姿势重重地跌落下来。

就在这个时候,当地的国王为了躲避暴风雨的侵袭,慌忙之中跑到花园中避难,结果正好被这棵从天而降的大树砸到,当场就被砸死了。

雨过天晴,国王被大树砸死的消息很快传开了。这可真是件天大的喜事!岛上的居民,不论是受宠的大臣,还是国王的妻妾,以及那些平民百姓,全都来到了花园,高兴得又蹦又跳。原来,这个国王是天底下最残暴的统治者,全岛的人都很痛恨他。

47

他的大小粮仓里，粮食堆积如山，都已经发了霉。而那些备受折磨的百姓们，仍旧挣扎在饥饿的死亡线上。这本来是一个岛国，地理位置特殊，也不用担心遭受外敌入侵。但他还是把岛上的青年统统都抓起来，强迫他们入伍，训练并毒打他们，将他们都磨炼成一个个勇士，然后一批批卖给邻近国家的王公贵族，从中牟取暴利。他从他父亲那儿也继承了很多钱，全部都放在一起。据说，他那套惨无人道的法则，都是去北方（指德国）旅行时学来的。

对于这种说法，我们虽有爱国心，但并不表示反对。因为在大部分岛民心中，国王去北方旅行，跟去卡纳里群岛旅行以及去 **格陵兰岛** 游玩，都是一样的。出于多种原因，我们也不要求对此作出明确的解释。

> **我的地理笔记**
>
> **格陵兰岛**
>
> 世界第一大岛，位于北美洲东北部，北冰洋和大西洋之间；
>
> 它是丹麦王国的海外领地，岛名的意思是"绿色的土地"；
>
> 全岛面积216.61万平方千米，居民以格陵兰人为主，其余为北欧国家移民；
>
> 这里气候严寒，海岸曲折，多是深长的峡湾。

| 第十九章・大风暴与新国王 |

岛上绝大部分都被冰雪覆盖，是个名副其实的"冰雪王国"；

据说，如果格陵兰岛的冰雪全部融化，海平面会上升7.5米呢；

虽然非常寒冷，但到了夏季，会有大批鸟儿到这里来繁衍后代。

岩雷鸟就是这里的常客。

格陵兰岛（丹）

现在，这个可恶的统治者死了，举国欢庆。再来说那对摘黄瓜的夫妇，刚得知自己压死了国王时，吓得惊慌失措，六神无主，不知道该怎么办好。可没想到，大家都热烈欢呼庆祝国王的死亡。尽管只是侥幸，但岛民们都认为他们立了一件惊天动地的大功。为了感谢夫妇俩的壮举，大家一致推选他们来做新的国王。

就这样，这对善良的夫妇被推上了国王的宝座。在被大树带到空中飞行时，因为离太阳太近，夫妇俩的眼睛都被强光刺瞎了。但他们善良的心没有改变，做了国王之后，他们勤政爱民，带领大家过上了好日子。

岛上的居民知道新国王夫妇爱吃黄瓜，就开始大量种植黄瓜，以铭记他们的恩情，从此，黄瓜成了这座小岛居民的主要食物。久而久之，在岛上流传下来一个习俗：就是人们在吃黄瓜前，都会由衷地默念一句"上帝保佑国王"。

而我们的船只，虽然遭遇了暴风雨的袭击，但没受什么大的损伤，稍加修缮后，就可以重新起航了。我们告别国王夫妇，乘着猛烈的海风，在大海中航行。经过6个星期的航程，我们平安到达了锡兰。

第二十章

遭遇狮子和鳄鱼

我们到达锡兰后,很快就过去了两个星期。当地总督的大儿子让我跟随他一起去狩猎,这正中我下怀,便欣然允诺。他是一位人高马大的棒小伙,已经适应了当地的酷暑气候;而我是一位外来者,徒步走了一会儿便气喘吁吁,汗流浃背。因此,来到森林时,我已远远地落在了他的后面。

我走得筋疲力尽,在水流湍急的河畔坐下来,出神地凝视着河流。突然,我听到身后传来"沙、沙、沙"的声音,回头一看——不禁吓得魂飞魄散,天哪!一头巨大的狮子正威风凛凛地向我逼来!情况紧急,容不得我多想,我本能地举起枪瞄准狮子,希望能把它吓退。"砰"的一声,枪响了,猎枪里只装了对付兔子的霰弹,结果不但没能阻止狮子前进的步伐,反而将它激怒了。它发出震耳欲聋的吼叫声,咆哮着纵身向我扑了过来。

出于本能,我转过身子准备逃跑。可是一转身,我顿时吓得头脑一片空白——前面不远处正趴着一条张开血盆大口的大鳄鱼,好像要一口吞掉我。后来才知道,这里还盘踞着世界上最毒的蛇类。

第二十章 · 遭遇狮子和鳄鱼

不难想象，我当时真是恐惧到了极点。后面有猛狮，前面有凶鳄，左边是湍急的河流，右边则是万丈深渊。我头晕目眩，四肢无力，不知该怎么办，只好仓皇伏倒在地，用两手捂住了双眼。我想，等待我的不是狮子的尖牙利爪，就是鳄鱼的血盆大口。

可是几秒钟后，我听到一声怪异的巨响。我小心翼翼地抬起头四下张望，眼前的场面令我高兴得无法用语言表达。

原来，狮子凶狠地向我扑过来时，我正好跌倒在地，它便从我的头顶扑了空，直接钻进了鳄鱼的大嘴里，它的脑袋正好卡在鳄鱼的喉咙里，挣脱不了了。它们都使出了吃奶的劲儿，纠缠在一处。

而我从地上一骨碌爬起来，拿出随身携带的长猎刀，对准狮子的头手起刀落。然后，我抢起猎枪，用枪托死命地将狮子的头颅朝鳄鱼的喉咙里深敲，直到把鳄鱼活活噎死。

我向总督汇报了这一惊险情节，他马上派人将两头畜生拉了回去。我请人用狮子皮做了一些别致的烟袋，把它赠给了锡兰的一些熟人。其余的皮子，我则在返回 **荷兰** 后，赠给了市长。至于那张鳄鱼皮，则被做成了标本，成为阿姆斯特丹博物馆里的珍品。至今，那里的导游还对我擒拿狮子和鳄鱼的故事津津乐道呢。

我的地理笔记

荷兰

位于欧洲西部，东面与德国为邻，南接比利时，西北濒临北海；

这里地势低平，因为有许多洼地，怕海水灌进来，这里修建了很多堤坝；

属于温带海洋性气候，冬暖夏凉；

是世界主要肉、蛋、乳品出口国之一和世界最大花卉出口国；

这里还是著名的风车王国，为了排水建造了数不清的风车呢。

风车是荷兰的标志哦。

| 吹牛大王历险记 |

第二十一章

愤怒的巨鲸

由于俄罗斯的严寒，回到家后，我的身体着实比以前虚弱得多，静养了好一段时间才恢复过来。之后我就决定再次去海上探险。

1776 年，我到达了英国的 朴次茅斯 军港。我登上一艘军舰，军舰装载了 100 门大炮和 400 名士兵，起航向北美洲出发。

在去往北美洲的途中，我被沿途美丽的风光所吸引，沉醉于波光粼粼的碧海蓝天，甚至忘记了自己。军舰乘风破浪，一路前行，直至驶抵距离 圣劳伦斯河 大约 300 英里①的海面上。

突然，军舰不知被什么东西猛烈地撞了一下。大家都认为是触到了礁石，就把铅锤放到水下几百米的深度，但没探到海底，也没探测到任何暗礁。这让人们百思不得其解。

这次莫名其妙的碰撞，不仅让我们弄丢了船上的舵盘，还折断了斜桅，桅杆自上而下裂成碎片，有两根甚至撞到了船舷上。军舰受损十分严重。

不仅如此，甲板底下的所有船员都被弹了起来，脑袋重重地撞在天花板上。当时，一位水手正在收拢主帆，竟被抛到离船至少 3 英里的海面上。我想抓住他，可是伸手太晚了。幸运的是，在他落水之前，一只大海鸟从他身边飞过，他一把抓住了海鸟的尾巴。海鸟突然被抓住，相当害怕，想摆脱掉他，无奈他抓得太紧。它只好带着他飞，然后慢慢地降落，最终水手像乘降落伞一样挨到水面。

入水之后，水手直接骑在海鸟的后背上，确切地说是趴在海鸟的脖子和翅膀之间。他指挥着海鸟，努力朝我们船的方向游来。最后，我们用力将他拉上了船。

军舰一路向西。突然，距离我们船不远处出现了一条巨大的鲸

> **我的地理笔记**
>
> 朴次茅斯
>
> 英国港口城市，位于英格兰东南部汉普郡；
>
> 南边临靠索伦特海峡，对岸就是怀特岛；
>
> 历史最早可追溯到罗马时期，拥有世界上最古老的干船坞；
>
> 几百年来，这里以英国皇家海军港口而闻名于世；
>
> 这里还有英国海军基地哟。

此外，这里还有著名的诺曼底登陆纪念博物馆。

注：① 1 英里 =1.609344 千米

我的地理笔记

圣劳伦斯河

北美洲东部的大河；

连接美国圣路易河的源头和加拿大东端的卡伯特海峡；

最后注入大西洋的圣劳伦斯湾；

北美五大湖在它的上游，与这条大河形成世界上最繁忙的航线之一；

它不仅是连接美国、加拿大的国际航道，而且通过远洋航线与西欧和世界各地连接。

鱼。面对如此庞然大物，大家的心又一次紧绷起来，陷入难以名状的惊悸和混乱之中。原来，刚才的"触礁"事件，它是始作俑者。

当时，鲸鱼似乎正浮在水面上晒太阳，做着美梦。我们的出现惊扰了它的美梦，它很是不满，扇动巨大的尾巴对准船的瞭望台和后甲板狠狠地扫了一下。

这还不算，它又露出两排尖牙，牢牢咬住船的主锚，拖着船只向远处游去。它以每小时6英里的速度将船拖到了大约60英里以外的海面上。

如果不是运气好，那条拴着主锚的铁链断了的话，天知道我们会被拖到哪儿去。巨鲸丢了我们的船，而我们也丢了锚。更糟糕的是，巨鲸在咬着锚将我们的军舰拖向远方时，船身突然出现了一个漏洞，大量海水喷涌而入。不一会儿，船舱里的水就没过了我的脚踝骨。我们都提高了警惕！海水倒灌，对船只来说，那可是灭顶之灾啊！

船慢慢下沉，我们动用了船上所有的抽水机，才使军舰推迟了半个小时沉没。之后，我发现了一个直径约为一英尺的大洞，尝试着用各种方法去堵塞，但都无济于事。

最后，我想出了一个奇妙的方法。我扭转身子，一屁股坐到洞口上，决定用自己的屁股去填塞洞口。我想，如果洞口再大一些，我就用整个身体去堵。

说到这里，可能很多人会怀疑我那无畏的勇气是从哪里来的？我可以明确地告诉你们，我既有荷兰人血统，又有德国 威斯特法伦 人的血统。

我的地理笔记

威斯特法伦州

即德国现今的北莱茵-威斯特法伦州,位于德国西部;

1946年,由北莱茵省和威斯特法伦省合并而成;

是德国人口最多的州,首府杜塞尔多夫;

是全德经济最发达的地方,拥有欧洲最大的工业区——鲁尔工业区;

农牧业也很发达,主要种植小麦、黑麦和甜菜等;

此外,这里还有以养马和马术运动闻名的农牧区呢。

我坐在洞口上,就像坐在马桶上一样,虽然屁股有些凉,也很尴尬,但仍然咬牙坚持着。不一会儿,木匠就赶了过来,他拿出工具,很快钉死了洞口。我拯救了这艘漂亮的军舰及舰上的所有船员。大家纷纷向我表示感谢,我倒被搞得有些不好意思。不管怎么说,我们都得救了。此后一路顺风,我们很快就到达了美洲。

6个月后,当我们重游欧洲时,没想到又遇见了那只巨鲸。只不过它已经死了,漂浮在海面上。现在回想起当时的情景依然让人心惊胆战,大家都无法想象,如此巨大的鲸鱼到底是怎么死的?

有人拿出尺子要量一量鲸鱼的长度,不量不要紧,一量才发现这条鲸鱼竟然有500英尺那么长。这条鲸鱼简直太大了!我们根本不可能把它全部带走,更何况,我们的船也根本装不下这个庞然大物。最后,我们派出所有的士兵划着小艇向四周散开包围鲸鱼,费了九牛二虎之力才割下了它的脑袋。

令人欣喜的是,我们还从鲸鱼的大嘴里找回了主锚和锚链,铁锚就嵌在鲸鱼喉咙左侧的一颗蛀牙缝隙里,而那条长长的锚链则缠在它的舌头上。大概,这就是导致鲸鱼死亡的原因吧。

第二十二章

挨巴掌的车站站长

美洲大陆简直可以称为无与伦比的仙境!

美洲是个新奇的地方!那里无论气候环境,还是人和事物都与其他地区有着很大的区别。我相信你们一定会听得目瞪口呆的!

我们登上美洲大陆,放眼望去,看到的都是一望无垠的土地,公路纵横交错,四通八达,可以延伸到你想去的任何地方。更令我惊奇的是,在公路的左右两侧,铺设着两根向前伸展却没有尽头的铁轨。车厢被连成长长的一列,快速行驶在两根铁轨上。车头冒着浓烟,不时发出"呜呜"的鸣笛声,呼啸而过,那速度可比马车不知要快多少倍了。

从1650年起,当地人就开始使用这种道路了。这种道路,人们称之为"铁路",后来才在欧洲大陆流行起来。每隔5到10英里的距离,设立一个列车停靠的地方,也就是车站,由一位站长负责管理。

有一次,一辆列车停靠在车站上,我想上车,正要往车厢里走时,一个睡眼惺忪、皱着眉头的站长走过来,站在车厢外面对我说,你应该乘坐另一节装运黑人的车厢,也就是在美洲大陆当仆人的非洲黑人所乘坐的车厢。他唠叨个不停,我开始不理他,可最后他竟动起手来。

居然有人大白天欺负我,我没法淡定了,忍不住举起右手,想给他一个德国式耳光。可是,我的手还没劈下去,站长却突然不见了。

原来,汽笛响起,火车飞驰出站,站长在我眼前一闪而过,速度真是快得惊人。当我的手劈下来时,火车已经前进了两英里,到了前方的另一个车站。

我的一巴掌恰好打在刚到的这个站的站长脸上,也该他倒霉,他只不过是正好站在那儿罢了。

我抬起胳膊看看自己刚才打人的那只手,不好意思地看看那位倒霉的站长。

幸好这位站长是一个和蔼可亲、风度十足的绅士。虽然平白无故挨了一巴掌,也有些感到莫名其妙,但看到我的那一刻,他很快明白过来眼前发生的一切。

我赶紧向他道歉,他马上原谅了我,觉得我是无心之失。汽笛再次响起,火车又快速地发动了,我冲站长点了点头,表示再见。我想挥手告别,又担心自己一挥手又会伤了哪个倒霉的站长,最后只能作罢。

第二十三章

喷出石油的井

在北美的伊利诺伊州,也就是在通往 **密歇根湖** 的芝加哥河岸,我拜访了一位年轻时认识的朋友。20年前他出国移民,来到伊利诺伊州,开办了一个大农场,日子却过得不太好。

在他那里,我遇到了一场可怕的风暴。

这风暴说来就来,让我们毫无准备。朋友显然已经经历过无数次这样的事情,也没显得多慌张,倒是我觉得十分不可思议。因为,那么可怕的风暴,一辈子能够遇到的次数也不多。

那天,我们正在屋里品茶,大风暴突然降临。瞬间,所有的木屋都被吹倒了,粗大的横梁就像绒毛一样飞上了天。农场里的60个黑奴和近40个印第安人,也跟着房子一起被吹上了天,当然,我和朋友也不例外,简直就是被风暴搬了个家。

我惊奇地看着周围晃动的一切,竟然看到两口石砌的水井也被风暴从地里拔了出来。我们一路向西,随风飘了10英里,最后落在一片沙漠上。当我从混沌中渐渐清醒过来时,惊奇地发现所有的同伴和牲口,以及构成木屋的零件,全都散落在周围,只有个别人擦伤点皮,多数人毫发无伤。

我的地理笔记

密歇根湖

美国大湖,总面积约5.78万平方千米;

在北美五大湖中位居第三,是唯一完全位于美国境内的湖;

北部与休伦湖相连,湖岸线长约2500千米;

沿岸地区有印第安纳州、伊利诺伊州、威斯康星州和密歇根州;

北部湖岸弯曲,南部盆地包括著名的芝加哥、密尔沃基等大都市区;

此外,湖区气候温和,大部分湖岸也都是避暑胜地哟。

第二十三章·喷出石油的井

黑奴和工人虽被吓得目瞪口呆,但很快就恢复了状态,开始帮我们将房子重新拼装起来。在大家的共同努力下,仅用了6天的时间,新农场就建好了。

最奇怪的还是那两口石井。两口石井被风暴从地下拔出来以后,也被完好地吹到了这里,然后从天上直接落下,牢牢地插进地下,笔直地竖在那儿,仿佛它们从来没被拔出过。

我注视着眼前的奇迹,在一种不可抗拒的冲动力量驱使下,走近石井,开动了第一口石井的水泵,然后是第二口。顿时,两口井眼里各涌出了一股巨大的水流,直冲天空。而且,那水流竟然是黑色的。

朋友走过来,看了看,大叫道:"啊哈!闵希豪森!这是什么东西呀?"他和其他人都往后退,生怕沾到不干净的东西。我镇定自若地蘸了点液体闻了闻,天哪!井里涌出来的不是水,而是石油。

朋友确认了这个消息后,欢喜得手舞足蹈,说自己又找到一条发财的新路子。

我觉得开采石油可不是件简单的事情,自己也没有这方面的打算,于是在这里待了几天后就离开了,接着进行自己的游玩计划。

9个月后,我打算离开美洲时,在纽约收到了朋友的来信。信中说,他如今在开采出售石油,生意越做越大,整天都在油井旁忙碌着,很快就将成为一个百万富翁了。

第二十四章

奇特的高空早餐

一次，我到费城的一家饭馆吃饭，正好遇到了我的两位朋友柯尔文和斯坦霍布在那里玩牌，并打了赌。赌注是一顿超级特别的早餐。最后，斯坦霍布输了。

晚上，大家来到俱乐部里，斯坦霍布告诉柯尔文，他把第二天的早餐安排在六七千英尺的高空，并且还特意邀请了我参加。这的确是一次非同寻常的早餐！

第二天早晨，我和柯尔文一起准时到达了预先约定的地点。当时，斯坦霍布正站在一个充满氢气的大气球旁边，身边则站着他的女厨师。

看来，早餐是要在热气球上吃了。我们登上了热气球的吊篮，斯坦霍布也从女厨师手上接过一个小小的烹煮器。我们以为他可能要亲自下厨，其实不然，他随后便对女厨师说："请帮我把烹煮器安装起来吧！"

于是，女厨师也登上了吊篮，安装烹煮食物的厨具。一切准备完备，驾驶员便遵照斯坦霍布的指示，解开了气球的缆绳。气球像离弦的利箭一般迅速升入空中。我大声欢呼："哦！出发了，多么美好的一天！"

女厨师却吓得惊叫起来。斯坦霍布没有安慰她，只是冷冷地吩咐道："请给我们做四块上等的煎牛排，但要注意，千万不能溅出火星，否则气球就会爆炸。"

女厨师虽然有些害怕，但仍一丝不苟地执行着主人的指令。尽管换了做饭的地点，她依然做出了精美的牛排，还准备了可口的香槟酒。在空中，我们一边吃着牛排，一边品着香槟酒，这是有生以来的第一次。那感觉真是太爽啦！

航行快结束时，斯坦霍布骄傲地问："你们在2000米的高空中吃过早餐吗？你们为一顿早餐付过1000多塔勒吗？这趟航空费一共花了我300英镑，为了补偿女厨师所受到的惊吓，我还要另付给她200英镑呢。"

听到主人说对她有所补偿，女厨师变得高兴起来。再说她也从未乘坐过氢气球，更没有想到还能在空中做牛排。我们在空中飘荡了一个多小时后才慢慢落了地。后来，我将自己的经历告诉了一些好友。他们听了，都是又惊奇又羡慕。

第二十五章

大鱼肚求生之旅

很久以前,我在地中海旅行时,曾经历了一场大灾难,几乎让我葬身鱼腹。

那是一个夏天的午后,我一个人在法国马赛附近的海滨游泳。突然,一条大鱼张开巨口迎面游来。它的个头儿大得像一艘小船,速度也非常快,我根本没有回旋的余地。

我意识到,逃跑只能加速死亡,于是灵机一动,将自己的身体缩成一团,双腿尽量向上提,两臂紧紧抱住身体,将自己形成一个"肉球"。之后,我顺着水流,避开大鱼的利齿,从它的颌骨之间滚进它的肚子里。鱼肚子里虽然漆黑一片,却十分暖和,我还挺惬意的呢。如果不是我急着出去,完全可以在这里泡个温泉。

稍微休息了一下,我便开始想办法逃出鱼肚。我暗自嘀咕,如果我在鱼胃里折腾,大鱼就会感到不舒服,就会张开嘴巴放我出去。我先是摸黑在鱼胃里走了一圈,原来它的胃里非常宽敞,能容下十多个人。这下我可就不客气了,在里面又蹦又跳,要么拳打脚踢,要么翩翩起舞。不一会儿,大鱼就受不了了,发出"呜呜"的声音,冲出了海面。

| 第二十五章·大鱼肚求生之旅 |

我的地理笔记

意大利

位于欧洲南部的国家，在地中海北岸；

三面临海，北部有天然屏障阿尔卑斯山脉；

周围邻居有法国、瑞士、奥地利、斯洛文尼亚等；

陆、海、空运输网络发达，是世界主要葡萄和葡萄酒生产国之一；

14世纪时，意大利是欧洲文艺复兴的发源地；

如今在艺术和时尚领域都处于领先地位；

米兰也是有名的世界时尚之都。

不久，幸好一艘 **意大利** 商船出现在附近海域。船员们发现了这条大鱼，在大鱼筋疲力尽时用标枪捉住了它。大鱼被拖上甲板时，我听到那些人在商量，如何用刀切割大鱼，才能获得最高质量的油脂。我吓坏了，要是他们一刀砍下来，我一命呜呼了怎么办？

于是，我尽量让自己跑到鱼胃的中央，以保证被伤到的几率小一点。不过还好，他们都是文明人，只在鱼身上开了个洞。看到鱼腹下出现一丝光亮，我开始大声呼救。船员们听到后吓了一大跳，定定神，他们循着声音小心地剖开了鱼胃。我从鱼胃里慢慢地爬出来，实在是太高兴了。

可以想象，看到我光着身子只穿一条泳裤从鱼肚子里爬出来，船员们是多么吃惊。他们的表情我至今都不会忘记。我赶紧向他们表示感谢，并一五一十讲述了自己的经历，但没有一个人相信我的话。我在船上稳定了一下情绪，吃了点东西。休息好以后，我便重新跃入大海，洗净身上的油脂和污垢，迅速游向海岸边。上岸后，我擦干身子，竟然还找到了原来放在岸边的衣服。我计算了一下，发现自己在大鱼肚子里大概被囚禁了两个半小时。

第二十六章
君士坦丁堡之行

我知道自己又机智又勇敢,一向也很自信,但没想到我的知名度那么高。 奥地利 的君主不知道从哪里听说了我的英雄事迹,竟委派我担任大使,让我到 君士坦丁堡 递交国书。盛情难却,我只好欣然接受了这份差事。

我从维也纳出发,很快就到了君士坦丁堡。在土耳其宫廷的大殿上,我的朋友意大利大使和俄罗斯大使将我引荐给土耳其苏丹。

按照程序,我将国书递交给翻译,翻译会把国书转交给土耳其宰相,然后再由宰相呈给土耳其苏丹。随后,土耳其苏丹让翻译转达了他对我的欢迎之意。不过,翻译刚说了两句,便被土耳其苏丹打断了。接下来发生的一幕,让在场的王公贵族和外交使臣们都目瞪口呆,惊讶不已。

只见土耳其苏丹迫不及待地从王座上起身,快步向我走来。他热情地和我拥抱,激动地说:"我的老朋友,我们之间,就不需要那些多余的仪式了,我万分欢迎你的到来!"

土耳其苏丹这一番话,立刻引起周围人的议论和猜测,他们从没有见过苏丹陛下对谁如此礼遇过。很显然,他对我非常器重和赏识。

我的地理笔记

奥地利

位于中欧南部的内陆国家;

西部和南部有天然屏障阿尔卑斯山脉;

周围邻居则有斯洛伐克、匈牙利、斯洛文尼亚等;

森林与水资源丰富,全国近一半土地被森林覆盖;

首都维也纳是世界著名的音乐之都,古典音乐的摇篮;

音乐家莫扎特、舒伯特、精神分析学派创始人弗洛伊德都出自这里哟。

| 第二十六章 · 君士坦丁堡之行

我的地理笔记

君士坦丁堡

即现在的伊斯坦布尔，土耳其最大的城市；

位于巴尔干半岛的东端，扼守黑海门户；

世界最大的商业和航运中心之一，沟通欧亚两洲的"黄金桥梁"；

曾为东罗马帝国、拉丁帝国、奥斯曼帝国的首都；

从公元4世纪起，就是欧洲乃至全球名城；

以建筑闻名于世，有圣菲索亚大教堂、君士坦丁堡大皇宫等。

不知道朋友们是否还记得，以前我和土耳其苏丹确实是认识的。只不过，那时我是在俄罗斯军中任职，因为战败而成了战俘，然后进入土耳其苏丹的宫里做了养蜂人。而现在，我却受到苏丹陛下如此热情的款待，敬若上宾，让我多少有些受宠若惊。

接下来的时间，土耳其苏丹对我像兄弟一般亲近，有什么事都愿意和我商量，还咨询我的意见。

最近这段时期，听说土耳其和埃及的关系非常微妙，土耳其苏丹也正在为此忧心，不知道怎么办才好。一天，他邀请我入宫商量国事，对我说："我的朋友，现在我们国家和埃及的关系有些紧张，我想派一位大使去埃及谈判，解决这些问题，可一直都找不到合适的人选，你有什么好的建议吗？"

我这么聪明，一下就明白了土耳其苏丹的意思，他希望我能出使埃及，帮他完成这项艰巨任务。我当然心里也很清楚，这不是什么好差事，没有特殊的理由我可不想介入。于是，我只是微笑了一下，并没有回答。

土耳其苏丹狡猾地笑着说:"你微笑,是不是表示你已经有合适的人选了?还是你愿意亲自前往?"

我无奈地耸耸肩,依然没有回答。但土耳其苏丹已经下定决心,一定要让我出使 埃及 ,他接着说:"亲爱的伯爵,我们到那边的高塔上去吧。那里说话很隐秘,不会有人听见。我想告诉你一个秘密,你听完后再答复我也不迟。"

那的确是一座非常高的木塔,一共有365级台阶。不过我长期外出游历,身体锻炼得又健壮又敏捷,这些台阶对我来说还算不了什么,我三下两下就爬到了塔顶。我在上面等了很久,才见苏丹陛下气喘吁吁地爬上来。

在等他恢复体力期间,我站在塔上欣赏四周的风景。放眼望去,君士坦丁堡的

> **我的地理笔记**
>
> 埃及
>
> 横跨亚非两洲的国家,大部分位于非洲东北部;
>
> 东临红海,北边则经地中海与欧洲相望;
>
> 地处欧、亚、非三大洲的交通要冲;
>
> 这里的苏伊士运河沟通了大西洋与印度洋,是两大洋之间最近的海上通道;
>
> 全国气候干热,大部分地区属于热带沙漠气候;
>
> 古埃及是四大文明古国之一;
>
> 法老们的金字塔至今仍是埃及的象征。

金字塔是古埃及法老的陵墓。

繁华一览无余，这里的景色实在是太迷人了！

我很想让大家以后也来看看这里的风景，不过没有这个机会了。因为一个星期后，天上有一颗流星划过，正好掉在了木塔上。木塔着了大火，烧了九天九夜才熄灭，最终整座塔都化为了灰烬。

先说眼下，足足过了半个小时，苏丹陛下才恢复过来。随后，他跟我说了那个秘密。我想，你们一定想知道到底是什么秘密吧。不过，我不能告诉你们。我只能说，一旦这个秘密泄露，可能会使整个欧洲都陷入战火。这也是我最终为什么会答应土耳其苏丹出使埃及，并帮他完成秘密任务的原因。

因为事关重大，苏丹陛下实在不放心，让我对着伊斯兰教的经典《古兰经》和创始先知穆罕默德的圣像起誓，对于我出使开罗的所有原因和目的，永远不能向任何人吐露半个字，哪怕连一个小小的暗示也不可以。为了表示我的诚意，我又以德国贵族的荣誉向他发誓，绝不会泄露秘密。所以现在，你们只需知道我后来圆满完成他交给我的任务就足够了。

出发那一天，苏丹陛下带着所有的王公大臣将我送到海边，一路上还对我叮嘱万千，关心我的健康和安危。我感动不已，深深地向他鞠了一躬。随后，我就带着使团扬帆远航了。土耳其苏丹一直目送着我们的背影，直到我们抵达亚洲的另一块大陆，他才依依不舍地离开。

第二十七章
我的五位得力部将

我带着使团,声势浩大地向埃及进发。

以往的冒险经历告诉我,在做一件重要的事情之前,必须要做好充分的准备工作。为了能顺利完成苏丹陛下交给我的任务,我沿途尽可能地招募一些有特殊技能的人,来壮大我的使团。

在离开君士坦丁堡不过几英里的地方,有一片田野,田埂上突然出现一个瘦得皮包骨头的人,他正风驰电掣般地向我们这里跑来。他奔跑的速度吸引了我,我立刻让大家停下脚步,并叫住了这个人。

在我的注视下,这个人直接跑到了我身边。他身材矮小,两条腿上竟然都悬挂着大铅球,每个铅球估计都有50磅重。我惊诧不已,情不自禁地问道:"朋友,你从什么地方来,要到哪里去?"

这个矮个子回答说:"半个小时前,我刚从 维也纳 跑过来。我本来在那里的一个高官家里当差,今天被解雇了。听说君士坦丁堡不错,我想去那里碰碰运气,找份差事。"

我又问:"那你为什么要带个大铅球呢?"

"因为我跑得太快了!如果不控制速

我的地理笔记

维也纳

奥地利首都,位于多瑙河河畔,流经这里的多瑙河,是欧洲第二长河;

奥地利最大的城市,也是该国最小的一个联邦州;

欧洲重要的文化中心,世界音乐之都;

许多著名音乐家都出自这里。

这里的金色大厅,是维也纳最古老也是最现代的音乐厅;

国立歌剧院,则是世界歌剧中心。

度，我怕会跑到其他国家去。"他谦虚地说。

我心想，这不是我正急需的人才吗？于是我问他愿不愿意和我一起去埃及，他高兴地接受了。

收了飞毛腿之后，我们继续出发，日夜兼程，经过了许多城市和村庄。

这天，我们来到一片绿草如茵的地方，那里正躺着一个人。起先，我还以为他在睡觉，但走近一看，他正把耳朵贴着地面，聚精会神地听着什么。

我问他："朋友，能告诉我你在听什么吗？"

他回答："我闲来无聊，正在听草儿生长的声音呢。"

我好奇地说："太神奇了！你真的能听到吗？"

"那当然，这都是小事一桩，连土耳其苏丹睡觉时打呼噜的声音我都听得一清二楚！"他信誓旦旦地说。

这个人真是个"顺风耳"啊！于是我也向他发出邀请，他也欣然接受了。

我们继续上路。没走多远，我就看见前面不远的小山丘上，站着一个年轻的猎人。只见他端起猎枪朝碧空如洗的天空开了一枪，可我向天空望去，万里无云，什么也没看到。

出于好奇,我问道:"先生,你能告诉我,你在打什么吗?"

"哦,当然可以。我在试验我这支最时髦的库亨罗伊特猎枪。刚才有只麻雀,正停在斯特拉斯堡大教堂的房顶上,我那一枪,已不偏不倚地把它打下来了。"猎人自豪地说。

这位简直就是神枪手和千里眼啊!我异常羡慕,又欣喜若狂,大家知道,我也非常喜欢狩猎。如果有这样一位神枪手在身边,再遇上什么危险,我就不用害怕了。不由分说,我让他也加入了我们的使团。

我们继续向目的地进发。在 **黎巴嫩** 山脚下的一片树林旁,我看到一个膀大腰圆的人,他正拿着一根绳子,似乎要把整片树林捆起来。

我惊讶地问道:"朋友,请问你在干什么?"

"大力士"回答道:"我想盖间房子,需要一些木材。可今天出来得匆忙,把斧子忘在家里了,我只好另想办法。"

说完,他用力一拉,竟把整片树林都连根拔起,就像割芦苇一样齐刷刷地捆在一起,放在我面前。那片林子方圆至少有一平方英里,这人的臂力真是太惊人了。因为他急着盖房子,所以说服他跟我一起去埃及,费了我很多口舌,不过最终我还是成功了。

我的地理笔记

黎巴嫩

中东国家,位于亚洲西南部,地中海东岸;

公元前2000年为腓尼基的一部分;

7-16世纪初曾是阿拉伯帝国的一部分;

全国有600多万人口,绝大部分都是阿拉伯人;

地形分为沿海平原、山地和谷地,海岸线长220千米;

属于地中海型气候,沿海一带夏天炎热潮湿,冬季温暖。

经过长途跋涉,我们终于平安到达埃及的地界。刚上岸,迎面就刮过一阵狂风,吹得我们东倒西歪。

我抬头一看,只见在道路左侧整齐地排列着7架大风车。飞快转动着的风车,就像熟练女工手上的飞梭一样。而在马路右边,站着一位体形庞大的青年,他正用食指堵住右鼻孔,朝风车吹着气。

这位年轻人看到我们在狂风中进退两难,赶忙把身子一偏,径直来到我们面前,并向我脱帽行礼。顿时,大风消失了,连那7架风车也停止了转动。我这才明白,原来大风是他用鼻孔吹出来的。

我简直不敢相信自己的眼睛,激动万分地跟他打招呼:"喂,伙计,这究竟是怎么一回事啊?"

年轻人回答说:"很抱歉,先生,给你们添麻烦了。我只是给我的磨坊老板干活,想让风车转动而已,因为怕大风把风车吹倒,所以才堵上一个鼻孔。"

这又是一个奇人,我马上邀请他加入我的队伍。因为我知道在以后的旅程中,他一定能帮上我的大忙,事实也确实如此。经过我一番劝说,他很快答应了我的请求,跟我们一起上路了。

这一路,我得到了五位得力部将,他们之后也的确帮了我很大的忙。至于他们的光荣事迹,我先不说,以后再向你们道来吧。

第二十八章

尼罗河历险记

终于，我带着使团到达埃及 开罗 。按照计划，我们很快完成了苏丹陛下交办的秘密任务。之后，我把那些普通的随从都打发走了，只留下我那五位本领高强的部将。

举世闻名的尼罗河就在眼前，作为历险家，我岂能错过游览这条大河的机会？于是我带着我的五位部下，以普通游客的身份，欣赏了尼罗河沿岸的旖旎风光。

那天，天气晴朗，富有浓厚文化底蕴的尼罗河碧波荡漾，景色宜人。我们租了一条小船，从亚历山大港下水，开始了尼罗河之旅。

前两天，晴空万里，大家游兴很浓，玩得也非常开心。只是，尼罗河每年一次的汛期，很不幸就让我们赶上了。第三天，尼罗河水势暴涨，仅一天光景，就淹没了沿岸几英里宽的良田，我们身处于一片汪洋之中。

第五天，太阳下山后，我们的船被河底的一些东西缠住，进退两难。我觉得，定然是攀缘植物和灌木丛在作怪。休息了一晚，天亮之后，你们猜我们看到了什么？船身周围居然有很多杏树，上面结满了又大又圆的杏子，硕果累累。我们都很兴奋，肚子正饿着呢，便争先恐后地

> **我的地理笔记**
>
> 开罗
>
> 埃及首都，位于埃及东北部；
>
> 横跨尼罗河，是非洲及阿拉伯世界最大的城市；
>
> 同时也是整个中东地区的政治、经济、文化等中心；
>
> 世界上最古老的伊斯兰城之一，城内随处可见清真寺和宣礼塔，有"千塔古城"之称；
>
> 高约187米的开罗塔是现代开罗地标建筑，在这里可俯瞰全城；

> 金字塔群和狮身人面像，也是这里的著名景点。

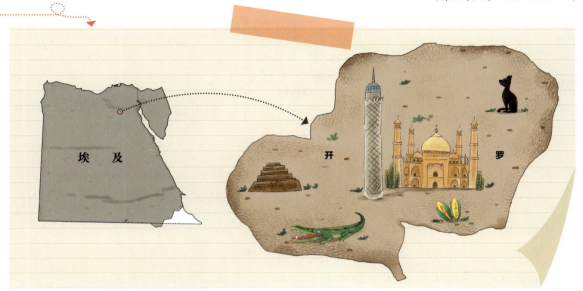

采摘起来,吃了一颗又一颗。

为了了解这里的具体水位,我抛下铅锤,发现洪水竟涨了 60 英尺高。我感慨道:"尼罗河洪水太可怕了!"

正在我们进退两难的时候,突然迎面刮起一阵狂风,一下子将我们的船只吹翻了。我们全都掉进了水里。还好天无绝人之路,我们被大树拦住,一个个紧紧抱住了大树枝。不过我们的船就没那么幸运,被洪水淹没,慢慢沉入了河底。

我们在水里足足待了 20 天的时间。饿了,就吃杏果;渴了,就喝河水。大家相互鼓励,相互帮助,最后终于看到了希望的曙光——洪水快速地消退了。

26 天后,我们重新回到了大地上。这时候,我们发现沉没的小船居然静静地躺在距离沉没地不远的地方。

我们欣喜若狂,立刻将船上有用的东西拿下来,就地摊开晾晒。之后,我们收拾好所有物品,匆匆起程。穿过无数的城镇和村庄,7 天后,我们才又回到尼罗河边。一算,我们竟然被河水冲走了大概 150 英里远,这实在是太不可思议了!

我们搭上一位好心人的商船,又过了 6 天,终于回到我们出发的地方——亚历山大港口。

望着依旧奔腾不息的河流,我们真是感慨万千。

第二十九章
与土耳其苏丹的赌注

我们从尼罗河平安脱险后,很快就返回了土耳其。因为完成了出使任务,土耳其苏丹待我更加热情器重,我们几乎到了形影不离的地步。我在君士坦丁堡的地位可想而知,生活过得逍遥自在。

苏丹陛下天天邀请我到宫里赴宴。这位土耳其的国王,和其他统治者一样,喜欢在宴会的餐桌上摆满各种山珍海味,并且每顿饭都不会重样。不过酒除外,我们都知道伊斯兰教明确规定,教徒是严禁饮酒的。在公开的宴会上,哪怕是一滴美酒,他们也会忍着不喝,但私下里就不是这样子了。有些人也会不顾禁酒令偷偷酗酒,对酒类的熟悉和喜爱程度也不比俄罗斯人差。

比如,这位苏丹陛下就是这样一个人。每次宴席结束,他回到内宫,就再也不受那些教义的约束,可以尽情地享用美酒。一次宴会后,他对我使了个眼色,邀请我到内宫去。之后,他从酒柜里取出一瓶酒,对我说:"闵希豪森男爵,我知道你们基督教徒对酒是非常有研究的。我这里有一瓶上好的托考伊酒,异常醇美,相信你一定没有喝过这么美的酒。"

说着,他斟满了两杯,一杯给我,一杯给他自己,然后跟我碰了碰杯。抿了一口之后,他问我:"味道如何?"

我恭敬地回答:"嗯,这种葡萄酒确实很好,我尊敬的陛下!但我想对您的盛情款待说几句。当年我在维也纳时,曾在已故的卡尔六世皇帝那里喝过比这更好的酒!尊敬的陛下,您也应该尝尝。"

土耳其苏丹却说:"我不相信这世上还有比这瓶更好的酒了!这是我一位 **匈牙利** 绅士朋友赠送的,平常他可是舍不得送人的。"

我的地理笔记

匈牙利

位于欧洲大陆中部的内陆国;

周围与罗马尼亚、乌克兰、克罗地亚、奥地利等国为邻;

面积达9.3万多平方千米,布达佩斯是其首都;

历史上,曾与奥地利组合为实力雄厚的奥匈帝国;

全境多是一马平川的平原,最高的山峰凯凯什峰海拔也只有1013米;

这里的巴拉顿湖,是中欧最大的湖泊哟。

"陛下,托考伊酒也各不相同。我想那位匈牙利绅士没这么阔气。我敢跟您打赌,保证在一个小时之内,直接从维也纳皇帝的地窖里,给您拿一瓶托考伊酒来,味道绝对纯正,您只需品尝一口就会感到心满意足。"

土耳其苏丹陛下以为我在胡扯,哈哈大笑说:"伯爵,你太会开玩笑了!一个小时之内往返维也纳,怎么可能办到呢?"

我正色道:"陛下,我绝不是开玩笑。我这个人平生最讨厌的就是说谎!我们来打个赌:如果我在规定的时间内不能把酒取回来,您就可以砍了我的头。可是如果我办到了,您又拿什么来当赌注呢?"

土耳其苏丹见我自信满满的样子,也不想服输,因为他根本不相信我说的话。于是他坚定地说:"嗯,很好!我也最恨有人对我撒谎。如果你

能在规定的时间里把酒拿回来,我就允许你派一位大力士去我的国库取财宝,只要他能拿得动的,我全部都送给你。但如果你没有按时把酒拿回来,即使你是我最好的朋友,我也绝不会轻饶你的。"

"我们一言为定!"

我赶紧让人拿纸和羽毛笔,立即给维也纳的玛丽亚·特蕾西亚女皇陛下写了一封信。内容如下:

亲爱的女皇陛下:

不知您是否还记得在下,我是曾和您的先父卡尔六世皇帝陛下一起品酒的闵希豪森男爵。我现在有一件十万火急的事求您相助,求您赐给我一瓶托考伊酒,需要极品。这事关乎我的生死,请您务必应允。我有一颗赤胆忠心,如果您有什么事需要我效劳,我一定万死不辞。

写完信已是3:05,我立即让"飞毛腿"拿着信出发。我刚说完,他就已经跑到宫门外了。

之后,我坐下来继续和苏丹陛下品着杯子里的酒,等着那瓶美酒的到来。

时间一分一秒地过去,15分钟……30分钟……45分钟,可仍然不见飞毛腿的踪影。说实话,我心里也不免焦躁起来。苏丹陛下也不时抬头看看钟表，似乎随时要把刽子手叫进来。

这时，我还可以在园子里散散步、透透气，只是有几个侍从寸步不离地跟着我，大概是怕我逃跑了。3：55的时候，我实在等不及了，以最快的速度叫来"顺风耳"和"神枪手"。

"顺风耳"按照我的指示，将耳朵贴在地上听了听，起身说："他正躺在离这很远的地方睡觉呢，我能清楚地听见他打呼噜的声音。"

"神枪手"赶忙站到高处，放眼望去，说："我看见他正在 贝尔格莱德 的一棵大树下睡大觉呢，身边就放着那瓶美酒！"

说完，他端起他的长枪，装满火药，一连串向远方打出去，正好打在那棵树的树干上，树上的果实噼里啪啦地掉下来，砸在了"飞毛腿"的身上，把他吵醒了。他这才发现自己误了事，急忙拿起身旁的酒瓶，飞速向王宫赶来。

等他拿着美酒和维也纳女皇的回信出现在宫门口时，时钟的指针恰好指在3点59分30秒，还好有惊无险，我悬在心头的那块大石头终于可以放下了。

我立即给苏丹陛下倒了一杯酒。他喝了一口，连连称赞，并如获至宝地捧着这瓶酒，小心谨慎地把它放进酒柜里，上了锁。

我的地理笔记

贝尔格莱德

塞尔维亚的首都和最大城市，位于多瑙河和萨瓦河的交汇处；

地处巴尔干半岛的核心位置，是东西方世界的十字路口；

战略位置相当重要，被称为"巴尔干之匙"；

是塞尔维亚唯一的直辖市，也是该国政治、经济、文化等中心；

全年气候温和，属于大陆性气候；

这里拥有1000多处体育设施呢，曾主办过欧洲篮球和排球锦标赛。

"现在，我要兑现我的承诺了。"苏丹陛下慷慨地说，随后他把财政大臣叫进来，对他讲了我们的赌约。财政大臣十分恭敬，连连鞠躬，遵照王命将我领到了国库。

　　大家完全可以想象得出我当时的心情，我片刻也没有逗留，立即去执行苏丹陛下的指令了。我吩咐我的"大力士"带好长长的麻绳，来到国库。等到我的"大力士"把包裹打好，国库内的东西几乎被我一扫而空了。大家想想就知道——剩下的只是些根本挪不动的东西。

　　之后，我带着到手的财物直奔码头，在那儿雇了一艘最大的货船，带领我的所有部将，将财物打包装好，立即扬帆启程。

　　不过，我所担心的事还是发生了。我料定苏丹陛下若知道他的国库被我搬空，一定不会善罢甘休的。当时，那位财政大臣看着我把财宝一样样搬走，立即傻了眼，也顾不得关上国库的各个库门，就急忙奔到苏丹陛下面前报信了。

　　可想而知，得知实情的苏丹陛下犹如晴天霹雳，对自己的轻率行为感到万分后悔！他马上命令海军大元帅，统率全部舰队来追我，想要阻止我带走他的财物。

　　当时，我们出海还不到2英里的路程，土耳其的舰队就已经快追上来了。他们扬起了帆，向着我们的船快速驶来。这次我有些惊慌失措了，那可是土耳其全国的海军部队啊！

　　然而，我那位"吹风手"倒是镇定自若，还安慰我不要慌张。只见他走到船后的甲板上，把一个鼻孔对着土耳其的舰队，另一个鼻孔对着我们自己的帆篷。突然海面上两股狂风骤起，一股风不仅把土耳其的舰队全部吹回港口，甚至还把船上的桅杆、帆篷等都吹得七零八落，而另一股风则推着我们的船迅速向远方驶去。没用几个小时，我们就到了意大利。

　　但是，这些财物怎么处理呢？我为此绞尽了脑汁。意大利遍地都是穷人和乞丐，我可是个心地善良的人，于是把其中的绝大部分都布施给了他们。

　　至于剩下的钱财，在我去罗马的途中，就被一伙强盗洗劫一空。这些人要是扪心自问，一定会感到惴惴不安，因为他们抢劫的这笔财物，直到今天影响依旧深远。如果他们能够做些好事，也许能减轻他们一点罪过，救赎他们的心灵吧。

第三十章

谁拯救了直布罗陀

话说我们的钱财都被强盗抢走了。不过幸运的是,我贴身衣服的小口袋里,还藏了满满一兜宝石和珍珠。因为藏得严实,才没被强盗们发现。我用它们在一个罗马珠宝商那里换了 10 万金币。这笔钱在当时来说,那是相当可观的。我把这些金币分给我的五位得力助手,就是"飞毛腿""顺风耳""神枪手""大力士"和"吹风手",然后让他们自谋生路了。

而我自己呢,则带了一些路费,准备去 直布罗陀 探望我的老朋友埃里沃特将军。

经过长途跋涉,我终于来到直布罗陀,也见到了我的好朋友。我们都很高兴,一番寒暄过后,他就带我到城墙上去视察防御工事和了解敌情。当时,他作为英军将领,正同别国军队在这里展开一场场战斗。

| 第三十章·谁拯救了直布罗陀 |

我的地理笔记

直布罗陀

欧洲城市和港口，英国海外最小的一个领地；

位于伊比利亚半岛南端，直布罗陀海峡北岸；

是大西洋与地中海之间的交通要冲；

岛上大部分是绵延的石灰岩山地；

夏季干燥暖和，冬季不冷，湿润多雨，属地中海气候；

船坞制造业比较发达，金融业和旅游业是当地经济支柱。

我站在瞭望台上，掏出随身携带的望远镜向对面望去。只能说，我来得太及时了！这架望远镜是我从罗马一个老船长那里买来的，非常精密，它正是在这个时候为我建立了功勋。通过这架望远镜，我看到敌军正要点燃炮弹向这边发动偷袭。我目测了一下，他们的炮弹大约16千克重。于是，我马上让士兵们往炮膛里装了一枚约22千克重的炮弹，并把炮口正对着敌人的大炮。等对方点火时，我也让士兵点燃炮弹。

就这样，两枚炮弹同时发出，并在半空中撞了个正着。由于敌军炮弹的重量不及我方的，直接被反弹了回去。这一弹非同小可，那颗炮弹横穿过敌军三艘战舰的桅杆，越过直布罗陀海峡，竟直接落到了广阔的非洲大陆上。

而我们的那颗炮弹则继续前进，直接落进敌军的一艘战舰里，把对方的舰底炸个大洞。海水立即涌进战舰，不一会儿，那艘战舰就沉没了，战舰上的近千名西班牙士兵也没能幸免于难。这一战，英军狠狠重创了敌军，取得了暂时性的胜利。

为了表示感谢，埃里沃特将军要授予我一个最高军衔，但被我婉言拒绝了。我觉得自己不过是举手之劳，不能受此重赏。鉴于我的机智表现，埃里沃特将军还把我留下来一起对抗西班牙。我本来

就对英国人很有好感,便答应了他的请求。

怎样才能彻底打败敌军呢?我决定乔装打扮,混入敌营,去察看敌情。

一个漆黑的夜晚,我乔装成一位西班牙牧师,摸进了敌方的营地。一路上几乎没有遇到任何阻碍,我就找到了对方将领阿陀依斯伯爵的帐篷。当时,他正在跟他的高级将领们召开军事会议,商讨作战计划呢,我躲在帐篷外听得一清二楚。

计划是这样的:他们准备在第二天天刚蒙蒙亮的时候,对我军发动突袭,所有大炮对准一个点,利用太阳的光线,把300枚炮弹一股脑儿地投向我军营地,这样连续轰炸几个小时,不到中午,就能将我军基地炸开一个缺口，然后他们的主力部队就可乘机从缺口攻入。

我躲在暗处思量，如何才能破坏他们的计划，让他们无法实施呢？思来想去，我觉得最好的办法就是毁掉他们的大炮。

等到夜深人静，敌军士兵都进入了梦乡，他们都睡得很死，就连哨兵也放松了警惕，大概是为明天的战斗养精蓄锐。我悄悄摸到炮台，很快确定我无法破坏这些大炮，因为那样势必会弄出响声，惊醒熟睡中的敌人，那唯一的办法就是把它们扔了。

我再一次发挥了我惊人的臂力，上一次还是从俄罗斯回国的路上，抱着马儿跳跃灌木丛。这次，我先举起最重的一门大炮，使出全身力气一投，就把它扔到了3英里外的大海里。看来我的计划可行，我开始不停地扔，费了九牛二虎之力，终于将那300门大炮都扔进了海里。我自己也累得半死，胳膊都快抬不起来了。要知道，一门大炮至少要四五个人才抬得动，更何况是300门大炮呢！如果不是时间有限，我会把他们的旧大炮也全部扔掉。

之后，我把所有的炮架都堆在一起，连同他们的粮草车和弹药车，堆成一座小山，点了一把火。大火熊熊燃起，为了瞒天过海，我故意大声喊道："不好了，不好了，快起来啊，有人放火了！"

顿时，敌人营房乱成一团，陷入一片混乱和恐慌之中。他们还没搞明白是怎么回事，被点着的弹药车就爆炸了，这些敌军被炸得死伤无数，剩下的更是四处逃窜。他们还以为有六七个团的英军闯进了营区，要不然怎么能破坏他们那么多大炮呢？而我早就趁乱溜回了我方营地。

再说那位阿陀依斯伯爵，从睡梦中惊醒后也不知道发生了什么，带着他的随从撒腿就逃。他们一路上马不停蹄地跑了两个星期，才终于跑到巴黎。

后来听说，那场大火严重影响了他的胃，以至于他无法吃任何东西，此后的3个月，他什么都没吃，只靠空气来维持生命。

是谁拯救了直布罗陀基地呢？我想大家都清楚了吧，就请不要告诉别人了。这次冒险经历后，我就离开这里，向英国进发了。

第三十一章

巧妙猎杀大白熊

大家一定听说过菲利普斯船长吧，现在他是一位爵士了。在北方的最后一次探险旅行中，我以朋友的名义，陪他一起经历了这次探险。

当我们来到一个高纬度的地方时，我拿出那架随身携带的望远镜，不断地向四周观望。在距离我们数百米远的地方，浮动着一座冰山，它真的很高，比我们的船桅还要高出很多呢。就在这座冰山上，我看到有两只白熊在激烈地厮打着。

于是，我马上背起长枪，向冰山走去。眼前这条路实在太难走了，有的地方是悬崖峭壁，必须得跃过去；有的地方则平滑如镜，我不断重复着跌倒又爬起的动作。终于，我爬上冰山，慢慢靠近，那两只白熊进入了我的有效射程范围内。

这时，我才发现，那两只熊并不是在厮打，而是在互相嬉戏。每头熊至少有肥公牛那么大。我暗自估算了一下两头熊的皮毛价值，不禁喜出望外，举起猎枪对准了它们。不料，突然右脚一滑，我还没来得及瞄准就摔倒在地。这一跤摔得太重了，我直接晕了过去。

大概过了半个小时，我渐渐恢复了知觉，可眼前的一切令我惊恐万状。一头大白熊正在我的脸上东嗅西舔，它的利爪揪着我的皮裤腰带。而我的上身被白熊的大肚子压得结结实实的，只有两只脚露在外面，不知道它要把我拖向何方！

我灵机一动，迅速拔出随身携带的多功能小折刀，狠命地朝白熊的左后腿刺去，顺势割下了它三个脚趾头。白熊立刻丢下我，疼得发出愤怒的吼叫。我抓住机会，迅速从地上拾起猎枪，"砰"的一声打中了它的要害，它想逃离，没走几步就倒在地上气绝身亡了。

糟糕的是,这枪声却引来了数百米外的成千头白熊。之前,它们正躺在冰上睡大觉,此时统统被唤醒了,成群结队地向这边奔来。情况十分紧急,难道我要顷刻间丧生熊腹吗?

绝对不!我急中生智,麻利地用刀割下熊皮,裹在身上,头也刚好套进熊皮头套里。我刚穿戴整齐,那些白熊就将我围得水泄不通。我躲在熊皮里,吓得不敢出声,身上一阵冷一阵热的。不过,这个办法倒是奏效了,它们一个接一个将我浑身上下嗅了一遍,没有识破我的伪装,深信我是它们的熊兄弟了。只是我的身材没它们那么高大,和幼熊个头儿差不多。

为了让自己看起来更像白熊,我还模仿它们的行为举止。这方面我是高手,可以学得惟妙惟肖。只不过熊的咆哮、吼叫以及格斗,我还不太熟练。我很快融入了白熊们的大家庭中,但我毕竟是一个人,不能长时间待在这里,万一被熊发现就是死路一条。我想起一位老军医说过的,如果脊椎骨任何一处受伤,马上就会死于非命。我决定在熊身上尝试一下。

第三十一章·巧妙猎杀大白熊

于是,我重新将折刀握在手里,趁身旁那头大白熊没有注意,照它的颈项就来了一刀,正戳中它的颈椎。说实话,我心里很害怕,生怕不成功会被大白熊撕个粉碎。不过幸运的是,我的勇敢和果断帮了我,那头大熊被我杀死,倒在脚边不动了。

接下来,我用同样的方法杀死了其他白熊。这些猛兽倒了一地,我成了力杀千熊的勇士,这简直不可思议!之后,我回到船上,叫船员们来一起帮忙,大家剥了熊皮,将熊腿、熊肉都搬到船上。

一个小时后,一切都准备妥当,那艘大船也已装得满满的。剩余的熊腿被我全部扔进了海里,我相信,经过海水的浸泡,它们的味道一定会变得跟火腿一样鲜美无比,然后成为鱼儿们的美食。

旅行结束后,我把我所得的熊肉火腿献给海军部的一些爵士,另一些献给掌管国库的大臣们,剩下一些则送给各大城市包括伦敦市的市长,以及那些跟我往来密切的商人和交情深厚的朋友。自然,我也受到各界人士的热情欢迎,市长大人还强迫我出席了一年一度市长大选的丰盛宴会呢。

此外,我还将熊皮送给了俄罗斯女皇。女皇非常高兴,把这些熊皮分给各皇室成员以及宫女们,用它们做成了过冬的衣服。为了对我表示感谢,女皇陛下还亲自派专使给我送来一封手谕,恳请我跟她共享皇家的荣华富贵。但是我对皇室的富贵生活看得很淡然,还是更喜欢外面自由的天地,便婉言谢绝了女皇陛下的好意。

第三十二章

鲨鱼肚里获松鸡

一次,我与哈米尔顿船长一起从英国出发,共赴一场海上旅行,我们准备去 **东印度**。

这次,我带了我那只猎犬特雷,它特别善于捕猎松鸡。前面说过,它也是我的心肝宝贝,嗅觉特别灵敏,对我特别忠诚,从来没欺骗过我。

这一天,我们的船行驶到距离陆地约 300 英里的地方,特雷突然竖起耳朵,狂叫不止。我知道它一定是发现了什么猎物,便将情况报告给船长和其他海员,建议将船立刻靠岸。

可大家听了我的话,都狂笑不止,认为我是在开玩笑。我坚信特雷不会弄错,坚定地说:"我的猎犬具有非凡的嗅觉,决不会糊弄我。"

最后,为了证明我的判断真实可靠,我向船长提出打赌,发誓说:"我们半小时之内一定能发现野味。如果我赢了,请付我赌金100 基尼(旧英国金币,合 21 先令),这正好是我这次旅行所应支付的费用。"

船长听了,又禁不住大笑起来。他叫来船上的外科医生克劳福特,让他给我搭脉体检,确定我的脑子是否正常。医生检查完后,说我的身体非常健康。之后,他二人又交头接耳,嘀咕半天。

船长说:"他的头脑不正常吧,我可不能乘人之危,跟他打赌。"

外科医生回答:"他的神志很正常,只是太过相信他的猎犬的嗅觉了。至于打赌,他一定会输的。"

船长继续说:"这样的打赌,显得我不太诚实。不过如果最后我把所赢的钱都还给他,那会显得我很有肚量。"

我的地理笔记

东印度

历史旧称,相对于"西印度"而言;

指亚洲南部的印度和马来群岛一带;

其中,马来群岛是世界上最大的群岛;

因大部分处于亚洲大陆和澳大利亚之间,也曾被称为东印度群岛;

东印度群岛又叫香料群岛,因为这一带盛产香辛料;

而欧洲人对东方香辛料的渴求,正是开启大航海时代的一个重要原因。

在他们窃窃私语的时候,特雷一直站在老地方没动。我更加确定了自己的判断,再次提议与船长打赌,他一口答应了。

在大船后面绑有一条长长的小艇,此时,几个水手已捕获了一条巨大的鲨鱼,他们并不知道我们的赌约。等把那条大鲨鱼拉到船上,开膛剖肚……结果,我们在鱼胃里至少发现了 12 只松鸡,它们还活蹦乱跳的。当我们剖开鱼胃时,一只母松鸡正坐在五只蛋上孵蛋呢,有只小松鸡刚好破壳而出。

我们把刚出生的小松鸡与一窝幼猫放在一起饲养,老猫竟接受了外来者,对小松鸡关怀备至,将它看作自己的孩子。

小松鸡羽毛未丰,在猫窝四周乱飞,无法及时回窝,老猫就会显示出焦虑不安的神情。在其余的松鸡中,还有四只母的,它们相继在旅途中孵育后代,因此在整个旅行期间,我们都能吃到丰盛的野味。

第三十三章

墨西哥湾的烤鱼

在返回欧洲的途中,我向船长请求绕过好望角,到附近的圣赫勒拿岛去停留几日。船长很爽快地答应了。

我站在甲板上,看着水天相接的一幕,正在感慨,船长突然问我:"唉!兄弟,你想到那儿去干什么呢?"我回答说:"不干什么,我只想去看看那座岛上的岩石。"

没过多长时间,我们就登上了圣赫勒拿岛。我们在周围浏览了一番,没看到什么特别稀罕的东西,一切都很平常。不过当时,我却有一种强烈的预感,总觉得这个小岛终有一天会发生些大事。后来,我的预感果然得到了证实,1815年至1821年间,拿破仑一世被放逐到这个岛上,最终死在这里。

既然没什么好玩的东西,我们只停留片刻,就决定起航离开了。就在我们准备走的时候,在岛的附近遇到了一艘英国船。那艘船上的海员用扬声器问了我们船的编号和船长的名字。凑巧的是,对方的船长是我们船长的好朋友。他到我们船上来叙旧,两位好友见面,自然十分亲切。他走后,船长告诉我说,他接受了朋友交给的一项任务,要把重要的信件送给西印度群岛上的英国海军军港司令员,因此,必须要改变原来的航线。对于这个改变,我举双手

我的地理笔记

圣赫勒拿岛

南大西洋中的一个火山岛,隶属于英国;

孤悬海中,距离非洲西岸约1930千米;

岛上崎岖多山,最高点是黛安娜峰,海拔823米;

1513年起先后为葡萄牙、荷兰领地,1659年归英国东印度公司;

岛上有一座机场,建成7年内,只接待过一架飞机;

法国皇帝拿破仑曾被流放在这里,直到去世。

圣赫勒拿岛(英)

南美洲　圣赫勒拿岛(英)　非洲

第三十三章·墨西哥湾的烤鱼

赞成,因为我早就想见识一下墨西哥湾的暖流了。

于是,我们的船重新发动,向西印度群岛驶去。当我们来到墨西哥湾时,天气暖得出奇,海水在阳光的照射下热得滚烫,我们把鱼或鸡蛋往水中稍微浸了一下,居然就熟了,能立刻享用。

最让我们吃惊的是,众多海鱼围着船舷戏逐,一旦被鱼钩钓着,或被渔网网住,拖出水面,就会立即死去。奇妙的是,这种鱼是完全熟透的,而且味道鲜美。

这让我非常不解:既然这些鱼都被海水烫熟了,又怎么能在滚烫的海水中追逐嬉戏呢?我问船长,船长也不知道。最后,我琢磨了好久,才弄清楚原委,这主要还在于习惯的力量。原来,海水是渐渐变热的,鱼也渐渐地适应了这种缓慢上升的高温。虽然水温很高,但鱼儿依然能生存。一旦来到比水温要低的空气中,炎热就会直接侵入鱼体内部,造成死亡。所以,被烤熟的鱼直接钓上来或网上来,就是新鲜的美味。

我的地理笔记

西印度群岛

位于大西洋和墨西哥湾、加勒比海之间;

哥伦布到达美洲时将这里误认为是印度,因此这一带的群岛被称为西印度群岛;

由1200多个岛屿、暗礁和环礁组成;

面积23.6万平方千米,分为安的列斯群岛和巴哈马群岛;

大安的列斯群岛多属大陆岛,小安的列斯群岛多以火山岛为主,巴哈马群岛多属珊瑚礁岛;

群岛旅游业发达,阳光、沙滩、大海是天然的旅游资源。

第三十四章

空中旅行

在土耳其当差时,我经常会搭乘游艇,在马尔马拉海上泛舟,浏览君士坦丁堡的宏伟壮观,以及坐落在大苏丹的琼楼玉宇。

那天是土耳其的一个节日,我在海滨划着一艘小艇,抬头看到蓝色的天空中高高地飘荡着一个神秘的小点,这是什么东西呢?我自言自语。因为这东西看上去并不像一只鸟,而是像弹子球那么大小,下面似乎还悬挂着什么。

我连忙取下我那把最好、最长的鸟枪,装好子弹,对着空中那滚圆的东西点火射击。可惜没有命中。我发射了第二枪,仍然落空。又打了第三枪、第四枪,它仍在空中自由自在地飘动。于是,我给枪机里装上比平时多5倍的火药,还放了3颗子弹。第5枪打出去后,终于打中了。只听"砰"的一声,如同炸雷一般,我被枪的后坐力震倒在地上。

当我勉强睁开眼睛时,那个神秘的东西正在慢慢飘落,我这才看清,那是一只气球,很大很大的气球,比君士坦丁堡著名的大清真寺的圆顶要大多了。气球下面吊着一只小艇,大小同我的那艘差不多,它落得越来越低,最后掉进了大海,发出了一声可怕的巨响,声音传得很远,在海面上溅起百尺巨浪。后来据我所知,整个君士坦丁堡都听到了这声巨响,声音甚至传到了对面——亚洲的海岸,人们还以为一个火药库飞上了天呢。

当大海翻滚的巨浪稍微平息了一点儿，我把小艇划近时，在气球下面的小艇里，发现一个身材瘦小的英国人。他一见我，就不停地向我道谢，感谢我的救命之恩。

原来，他是一名飞行员，名叫史密斯。5天前，他和两名同伴一起乘坐热气球从纽约出发，准备去欣赏尼亚加拉大瀑布。可没想到半路被一股强劲的气流吹偏了航线，更糟糕的是，连接热气球活门的绳子被拉断了，氢气放不出去，他们就只能一直在天上飞。

还好热气球上有两个降落伞，在气球飘到大西洋之前，史密斯让两个同伴先跳伞离开。最后，那二人成功降落在纽芬兰岛上。

史密斯独自一人留在热气球上，他在大西洋上空已经飘浮了好几天，食物和饮用水都没有了，再这样下去，他就只能等死了。没想到就在这时，一颗子弹打穿了热气球，他终于得救了。

为了感谢我的救命之恩，史密斯非要把他的热气球送给我，但我没有接受，因为对我来说它实在没有什么用处。史密斯先生非常沮丧，不知道还能拿什么谢我才好。于是，我就提议让他带我乘热气球作一次空中旅行。他欣然同意了。

第二天，我们就乘坐热气球出发了。当然，热气球上的小洞已被斯密斯先生补好了。此外，我们还有一位新同伴，那就是史密

斯先生一时兴起买的波斯哈巴狗。一开始，气球上升得很快，我有点头晕目眩，不过很快就被高空中迷人的风景吸引了。

5分钟后，我们就可以看到整片 黑海 、达达尼尔海峡以及地中海的海面；1个小时后，整个欧洲大陆都尽收眼底；5个小时后，我们看到了亚洲，甚至还看到了中国和日本，这真是太神奇了！

我们太忘乎所以了，甚至没注意到热气球已经升至十几千米的高空。周围的空气越来越热，汗水很快流下来，像小溪一样顺着我

我的地理笔记

黑海

欧洲和亚洲之间的陆间海，位于欧洲东南部和亚洲小亚细亚半岛之间；

因海水颜色深黑而得名，是世界最深的内海之一；

向西与地中海相通，向北则与亚速海相连，是东欧各国的海运要道；

整个黑海形似椭圆，面积达42万平方千米；

平均水深1315米，南部最深达2210米。

黑海

> **我的地理笔记**
>
> **耶路撒冷**
>
> 位于地中海与死海之间，是犹太教、基督教、伊斯兰教三大宗教的圣城；
>
> 居民主要为犹太人和阿拉伯人；
>
> 分新旧两城，新城居民多为犹太人，工业发达；
>
> 旧城居民多为阿拉伯人，多古迹。

的脖子往下淌。

我向史密斯先生建议道："我们打开活门放点氢气出去吧，这里实在太热了。"

史密斯先生立即低下头，不好意思地说："其实我已经拉了好几次活门了，可一点反应都没有，活门好像被卡住了。"

我觉得可能是史密斯的力气太小了，于是亲自动手，结果一使劲，绳子就被拉断了。这下我们彻底绝望了。热气球继续上升，空气越来越稀薄，我们都快喘不上气来了，连彼此说话也听不清。那只可怜的小狗，在凄厉地叫了几声后，就昏死过去了。之后，史密斯先生也晕了过去。

我必须得想些办法才行，不然我们真要被烤熟了。我见那只小狗一动不动，已经被晒死了，便急忙拿出猎刀划开它的动脉，往史密斯先生嘴里滴了几滴血，自己也喝了几口。过了一会儿，史密斯渐渐清醒过来。看着他，我忽然灵机一动，想起上次救他的情景，急忙拿起枪朝着热气球放了几枪。果然，这方法很是管用，热气球开始下降了。

最后，热气球挂在了一棵枣树上，上面结满了又大又红的枣子。我们又饿又渴，正好拿枣子来充饥。饱餐一顿后，我们才从树上下来，来到一条小溪边，喝了水，之后就躺在草地上睡着了。

第二天，我们醒来时，正好有一支商队从这里经过，跟他们打听才知道，原来我们落在了阿拉伯沙漠的一片绿洲上。对此，我非常高兴，终于有机会去 **耶路撒冷** 了。

第三十五章
我又上了月球

大家可能还记得，我曾经去过一次月球，那是在土耳其的时候，为了取回我扔在上面的银斧，我爬到了月球上。其实后来，我又去了一次。

我有一位表亲，他一直坚信月球上有人居住，他身材高大，跟传说中巨人国的居民差不多。他唯一的心愿就是在有生之年能去一趟月球。为了验证他的想法，他决定来一次月亮之旅，并诚心邀请我加入。

作为一个旅行家，我对月球国的存在是持怀疑态度的，但为了达成他的心愿，我还是答应了他一起去冒险。

在一个晴空万里、阳光灿烂的早晨，我们启航了。我们的船一路南行，没多久就顺利到达 **南海** ，之后继续南行，过了奥仄海提海岛。到了第18天，天空突然刮起飓风，把我们连人带船一起吹到几十英里以上的云端，我们的船就飘浮在云彩上。随后，一阵风以难以置信的速度把我们的船继续向上吹。

我们在云层上飘行了整整六周时间，终于看到了一块银光闪闪的圆形陆地。这块银色的大陆宛如一座闪着银光的岛屿。我突然意识到，我们到了月球上。而且这里，真的有人居住。我的表亲兴奋极了，他的猜测终于得到了证实。

在这块陆地上，我们看到的全是彪形大汉。他们骑着大鹰，每只

我的地理笔记

南海

位于中国大陆南方的海，属太平洋西部海域；

总面积约358.91万平方千米，为世界第三大陆缘海；

是太平洋与印度洋之间的海上走廊和中间站；

世界上最繁忙的航道之一，至少有37条世界交通航线在这里通过；

属热带海洋，适合珊瑚繁殖，东沙群岛、西沙群岛、中沙群岛和南沙群岛均为珊瑚岛；

北部沿海是经济类鱼儿们繁殖的温床；

海域内海蕴含丰富的石油和天然气资源。

中国南海海域

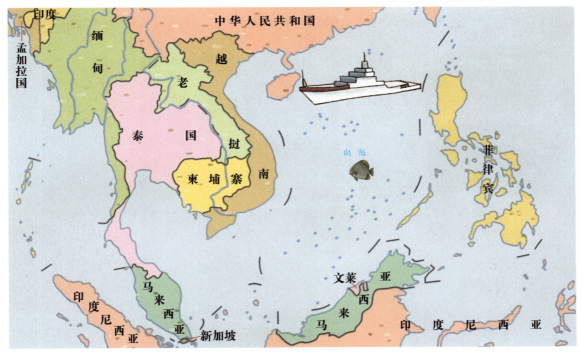

鹰都有三个脑袋。关于这些大鸟的尺寸，这么说吧：当它们展开翅膀的时候，从这个翼尖到那个翼尖，长度比船上最长的绳索还要长6倍！这些巨人骑着大鹰，自由翱翔，和我们地球人喜欢骑马完全不同。

月球上的其他东西都特别大。比如，一只普通的苍蝇就和地球上的一头绵羊差不多。在这里，我们都成了小矮人。我们到达这里的时候，月球王国和太阳王国正在交战，月球国王还给我委任了一个官职，但我感谢他的厚爱，婉言谢绝了。

你们猜，月球上的居民在战争中使用的最有效武器是什么？竟然是萝卜！它能像镖枪一样杀敌，被刺中的人往往没有生还的希望；而他们的盾牌则是用蘑菇制成的。萝卜收获的季节一过，他们还可以用芦笋杆替代萝卜做武器。

在月球上，我们还看到了一些居住在天狼星的人。他们从遥远的天狼星过来经商，脸庞跟狼犬相似，眼睛长在鼻子两端，甚至鼻子下端，因为没有眼睑，睡觉时需要用舌头来挡住眼睛。他们虽然个子很高，大概有十几米，但比月球人还是差远了。

月球人并不自称为"人",而是"吃熟食的生物"。因为他们也是用火来烹饪食物。他们用餐速度很快,只要打开身体左侧的一扇门,就能把整份饭菜一股脑儿地倒进胃里。而且,他们吃一顿饭,可以一个月不饿,一年也就吃 12 顿饭。

他们还会根据自己的喜好将眼睛随意拿出来或放进去,竟然不会影响视力。即使有人偶然丢失或损坏一只眼睛,也能迅速搞到一只补上,或另外购买一只。所以在月球上,到处都能看到买卖眼睛的人。

最奇特的是,月球人不是通过结婚繁衍后代的,新生儿统统出生于树上。那种长人的树木枝干挺拔,树叶呈鱼状,结的果实大概有 6 英尺长,外面裹着非常坚硬的壳。当果实的颜色发生变化时,就说明它已经成熟了。这时,人们就可以把它摘下来,保存好,想保存多久都可以。如果想让它有生命,只要把它投入沸水中,硬壳便会自动裂开,一个新的生命就从里面诞生了。

月球人长大后从事的职业,也是在出生时就已经被规定了的。他们的规则是:第一个壳里出来的是士兵,第二个壳里的是哲学家,第三个壳里的是宗教家,第四个是律师,第五个是佃户,第六个则是农民……以此类推。

到了一定年纪他们也会死去,死后没有遗体,会化作一缕轻烟,慢慢消失在天际。月球人平时不喝水,假如有了排泄物,通过呼吸就能排出体外。

月球人每只手上只长了一根手指,但相当灵巧,能做好各种事情,甚至比我们有 5 根手指的手更能干。他们的肚皮也很特别,就像个背包一样,如果发现什么重要的东西,他们就会打开肚皮,将东西放进去。还有,他们喜欢把脑袋夹在腋下,如果出门或者做剧烈运动,通常把脑袋放在家里。不管脑袋离开身体多远,都可以随时为他们出谋划策。所以,那些达官贵人若是想知道百姓们在干什么,只需把脑袋派出去,悄悄潜进百姓家里,就可以得到想要的消息了。

月球上的葡萄跟我们地球上的冰雹差不多大。如果月球上下起暴雨,把葡萄从枝头上打落下来,一旦落到地球上,就变成我们见到的冰雹了。我和表亲在月球上游览了一大圈,便告别这里的朋友,坐上船,借助下降的气流回到了地球。可能很多人会对我的描述表示怀疑,但我以人格担保,我说的每一句话都是真实的。

第三十六章

火山之旅

作家布莱登曾写过一本《 西西里 游记》，拜读完这本书后，我就按捺不住好奇，决定去 埃特纳火山 探险。

很快，我来到这座火山的脚下，在一天清晨出发向山顶攀登。经过3个小时的艰难跋涉，我终于爬到了山顶。火山顶一直在震动，据说已经震了3个星期，我觉得此时正是进入火山内部的最佳时机。

因为烟尘弥漫，我绕着火山口足足走了3圈，也没有找到进入火山内部的路。后来，我当机立断，纵身跳进了火山口。这一跳，我感觉好像掉进了一个巨大的蒸笼，根本喘不上气来。更恐怖的是，烧得灼热的煤块不断击中我，我全身都被烫伤了。幸好，我很快就落到了火山底部。这时，我听到一片鞭笞声、吵闹声和咒骂声。

天啊！我竟然看到了火神伏尔甘，他居然就住在这火山里。此刻，他正和他的手下们吵得不可开交，甚至大打出手，我的意外出现让他们安静了下来。

你们肯定想不到，火神竟然亲自过来为我涂抹烫伤药膏。他的药膏非常神奇，没过多久，我的烫伤就全好了。他热情地款待了我，请我品尝只有天神才能喝到的美酒，并把他美丽的妻子爱神维纳斯介绍给我认识。

从火神那里我才知道，原来埃特纳火山是由他烟囱里的烟尘堆积而成的。

他脾气火暴，一发起火来就不管不顾，经常把烧红的煤块扔向他的部

我的地理笔记

西西里

即西西里岛，地中海中的岛屿，隶属意大利；

位于意大利南部，地中海中部；

整个岛状似三角形，好像伸向地中海皮靴尖上的足球；

境内多山地和丘陵，欧洲最活跃、最大的埃特纳火山就位于岛的东岸；

土地富饶，盛产柑橘、葡萄、柠檬、油橄榄等，曾是农业发展的"金盆地"。

我的地理笔记

埃特纳火山

欧洲最高的活火山，位于西西里岛东岸；

正处在地中海火山带，亚欧板块与非洲板块的交界处；

主火山口海拔在3323米，直径300米，是欧洲最高、最大的活火山；

它的名字来自希腊语，意思是"我燃烧了"；

喷发状况十分活跃，近十几年已发生20多次喷发；

有时火山喷发会持续好几年呢。

火山喷发虽破坏力极强，但也给当地带来了肥沃的土地和旅游资源。

下。部下们为了躲避他的坏脾气，只好逃到火山外面。于是，就有了世人在外面看到的"火山喷发"的景象！

火神还说，维苏威火山是他的另一个工场，从这里到维苏威有一条300英里长的海底通道。他便走这条通道去那里工作，有时候他和那里的部下也会发生些小摩擦，因此也免不了会有维苏威火山喷发的现象。我和火神性情相投，很快成为好友。但正因如此，我遭到了某些人的嫉妒，他们不断到火神那里煽风点火，说我的坏话。

终于有一天，火神气冲冲地把我按到一口深井旁，说："你这个忘恩负义、吃里扒外的东西，赶快滚回你的世界去吧。"说完，就把我扔进了井里。

我急速下坠，很快就晕了过去。等我醒来时，发现自己正漂在大海里。直到傍晚，一艘荷兰商船路过，才将我救了上来。一问才知，我竟然到了太平洋上。我想，那口井肯定是连接南北的通道。我从埃特纳火山穿过地心，直接来到了南太平洋。如果这条通道能被世人利用，那人们环游世界一周的时间将会大大缩短。

| 吹牛大王历险记 |

第三十七章

发现奶酪岛

话说我被荷兰商船搭救之后,就把自己的火山历险,一五一十地告诉了船长和所有船员。可是大家都对我说的话非常怀疑,认为我是随口捏造的。尽管不相信我的话,但他们还是热情款待了我,为此我内心满怀感激。

我问他们打算到哪里去,他们说要去开发新大陆,所走的航道正是当年 **库克船长** 开辟的。我一听来了兴致,决定与他们同行。

一路上顺风顺水,第二天早晨,我们就到了博泰尼、拜埃。英国政府真不该把服刑人员发配来这里,而是应该把那些功勋卓著的大臣派到这儿来。因为这里环境优美,是大自然赐予人间最名贵的礼物。

我们在这里停留了3天,第4天便重新起航了。但没想到,很快我们就遭遇了一场强烈的飓风。风势猛烈,船帆全都被撕碎了,船头的斜樯也断裂倒塌了,连巨大的主桅杆也拦腰折断,倒下时刚好把驾驶室和罗盘都砸坏了。

要知道,在大海上航行没有船帆和罗盘是根本不行的。我们只能随波逐流,至于船会漂到哪里,谁也不知道。就这样,我们在海上足足漂了3个月。

一天,海面上吹来一股微风,奇怪的是风里竟然夹杂着奶酪的香味。很快,大家发现周围的景色发生了奇异的改变。大海变成了乳白色,泛着白光。在白色海洋的另一头有一个岛屿,还有一个海湾。我们径直向着那个海湾驶去,这才惊奇地发现,原来环绕岛屿的不是海水,而是香甜的牛奶。更为惊奇的是,我们登上的那个小岛,整个岛竟然是一块奇大无比的奶酪。

库克船长是位大名鼎鼎的航海家。

我的人物笔记

库克船长

18世纪英国著名的航海家、探险家和制图师;

他少年时曾服务于商船队,后来加入英国皇家海军;

多次为英国海军绘制海图,后成为船长,三次探索太平洋;

他是第一批登陆澳洲和夏威夷群岛的欧洲人;

也创下首次带领欧洲船只环绕新西兰航行的纪录;

在航行图中,他为很多发现的岛屿和新事物命名;

他绘制了大量精确的岛屿和海岸线地图。

这简直太不可思议了！我想如果不是那场飓风，我们就不会有这样的发现。

大家都早已饥肠辘辘，便随手掰下身旁的奶酪吃起来，渴了就到岸边喝几口牛奶。我敢说你们从来没吃过这么松软的奶酪，没喝过这么香甜的牛奶。

吃饱喝足后，大家恢复了精神，开始探索这座奶酪岛。岛上住着的居民都十分热情好客。他们大部分都以奶酪和牛奶为生。而且，这块巨无霸奶酪是永远吃不完的，不管前一天被吃掉多少，第二天又会恢复原样。牛奶河也是如此。因此，这里的食物取之不尽、用之不尽，人们完全不用为食物忧心。

奶酪岛的居民都长得非常俊美，个子也很高，有 9 英尺左右（约 2.74 米），这跟他们长期吃奶酪喝牛奶有关。他们

有三条腿和一只胳膊,成年后,前额还会长出角来。作为奶酪岛人,他们还有一项特异功能,就是可以在牛奶河上散步和奔跑,完全不会掉进河里,那悠闲的姿态就像我们在草坪上散步或跑步一样。

他们也种植谷物,但和我们平时见到的有天壤之别。在这里,谷穗的形状和香菇差不多,而且掰开来里面竟是热气腾腾的面包,直接就可以吃。奶酪岛上的葡萄都又大又圆,晶莹剔透,还散发着香气,咬开来,里面流出的不是葡萄汁,而是醇香的牛奶。

在岛上走了16天后,我们终于来到岛的另一端。在这里,我们

第三十七章 · 发现奶酪岛

发现了一大块发霉的蓝色奶酪,上面生长着上千种奇奇怪怪的果树,好多都叫不上名字。这些果树枝繁叶茂,巨大的树冠上筑有很多鸟窝。其中有一种雪鸟的窝大得出奇,大概有伦敦圣保罗教堂穹顶的5倍大。在这个巨大的鸟窝里竟然有500个蛋,每个蛋的大小都和小酒桶差不多。

我们费了好大劲儿才敲开其中一个蛋,结果壳刚裂开,就从里面蹦出一只小雏鸟来。这小家伙体形也不小,大概比20只秃鹰加在一起还要大。我们刚把它放开,鸟妈妈就回来了,大概担心我们要伤害它的孩子,它径直猛冲下来,一爪子就抓走了我们的船长,把他叼上高空,还不停地用翅膀猛烈拍打他,还好没有把他一口吞掉,最后只是将他扔进了大海。

幸运的是,我们这位船长游泳技术真的一流,很快就游回岸边和我们会合。我们便一块儿返回,路上还打死了两头奇怪的野牛,它们只有一只角,却长在两只眼睛的中间。事后我有些后悔,如果能留下它们,训练它们驾车,供我们骑乘,那该多好!

在快要回到我们停靠船的地方时,我们看到了3个奇怪的人,他们都被倒挂在高高的树上,不知道是犯了什么错被这样惩罚。上前询问后才知道,原来这三人从外面旅行回来后,把旅行见闻添油加醋地说给大家听。酋长觉得他们骗人,就把这三人吊在了树上,让他们反省。

我很是赞同酋长的做法。因为在我看来,一个旅行家最大的罪过就是胡诌八扯、歪曲事实、不实事求是。

我们很快回到船上,扬帆起锚,离开了这片神秘的、令人向往的陆地。奇怪的是,当我们走的时候,岸边那些挺拔的树木,竟然都弯下了腰,好像是鞠躬送别我们一般。

| 吹牛大王历险记 |

第三十八章
吞进水怪腹中的船队

我们离开奶酪岛,又在海上随风漂流了整整三天,因为没有罗盘,也不知道身在何处。

突然,我们进入了一片黑色的海洋,海水一片漆黑。我们没管那么多,渴了只好喝这黑色的海水。没想到,这竟是天下最好的葡萄酒。我们原本可以好好享受,但大家都尽量克制着,争取不让自己醉得不省人事。

可是,欢乐的气氛并没有持续多久。几个小时后,我们发现已经被一群鲸鱼和海洋巨兽包围了。有条水怪大得可怕,借助望远镜都无法估量它真正的长度。令人遗憾的是,我们事先竟没有发现这头巨兽,直到它气势汹汹地冲过来,才如梦初醒,却为时已晚。

水怪张开血盆大口,一下子将我们的船只连同高高的桅杆和鼓满风的船帆,统统吞进它长满牙齿的大嘴巴。它的牙齿硕大无比,就算世上最大战舰的船桅与之相比,也只是根可怜的细牙签。

我们在水怪嘴里待了一会儿。它突然张开大嘴,吸进大量海水,小船被冲进鱼腹,我们也从巨兽的嘴里安然进入胃部,那里倒十分宁静,好像抛锚停泊在风平浪静的港湾。

水怪胃里一片漆黑,我们只能点起火把照明。我们就像在外面大海上一样,每天都会遇到两次涨潮和退潮。当巨兽吸水时,潮水来了,船只就会处于风口浪尖;当巨兽排水时,其腹部接近干涸,我们的船便沉入腹底。据我粗略估算,平时这水怪喝水最多的时候好比日内瓦湖,容水量至少可浸达15千米左右的地方。

我们在黑暗的王国里度过了一整天,第二天趁退潮期间,我们冒险下船,察看水怪腹内的地形,结果发现这里还有其他国家的难民,多达好几万人。他们聚集在一起,正在商量如何逃离苦海。于是,我们共同商量逃生方案。不料这时,水怪突然又喝水了,一股滔天巨浪汹涌而来,我们不得不仓皇逃到各自的船上,

这才幸免于难。

等到那水怪再次把水排出去时,我们才重新聚在一起。这次,我被推选为主席,我提议找出最长的两根船桅拼接起来,当巨兽张开大嘴时,就将船桅竖着推出去,顶住它的大嘴,让它没办法合拢。

我的建议得到大家的一致赞同,很快就绑好了两根长桅杆。刚刚完工,水怪开始打哈欠了,事不宜迟,我们立刻把桅杆往它大嘴一插,一端顶着上面,一端穿过舌头抵住它下颚。水怪的嘴再也合不上了,大家一起配合,终于从水怪的肚子里逃了出来。据粗略计算,我们大概在水怪肚里待了14天。所有的船只都得到解放,可以组成一支拥有35艘船只的万国舰队了。

第三十九章

饿死巨熊

我们平安脱险,而那根桅杆,只能让它留在巨怪的嘴里了。我相信,如果以后再有船只遭遇不幸,撞进这又黑又脏的龙潭虎穴,也一定能死里逃生。

只是,我们不知道现在究竟在什么地方,一时间大家都很茫然。最后,我根据以往的经验观察四周,判断我们已经到了 里海 。这里四周都是陆地,不与其他任何水道相通,大家都很奇怪,我们是怎么莫名其妙到这儿来的呢?

这时,一位来自奶酪岛的居民给出了一个合理解释,他是我们离开奶酪岛时由我带出来的。他说,大概是我们被禁锢在水怪肚子里的时候,水怪通过某条地下通道,游到了这里,从而也把我们带到了这里。可能就是如此吧。大家齐心协力把船划到岸边,我第一个抢先登上了陆地。

> **我的地理笔记**
>
> 里海
>
> 世界上最大的湖泊,位于欧洲与亚洲的交界处;
>
> 它之所以叫海,就是因为面积够大,且性质接近于海水;
>
> 有伏尔加河、乌拉尔河等130多条河流流入其中;
>
> 这里鱼类很多,以鱼子酱和石油工业负有盛名;
>
> 航运也发达,实现了白海、波罗的海、黑海、里海、亚速海五海通航。

第三十九章 · 饿死巨熊

可是,当我双脚刚踏上干燥的土地时,迎面却扑来一头身强力壮的大熊。不过,我并没有慌张,心想:你来得正是时候。于是,我双手立即握住它扑上来的前爪,对它表示欢迎。我刚握紧它,这头大熊就凄厉地惨叫起来。我一动不动,坚持站在那个地方,把它牢牢地抓住。大熊呢,尽管拼命挣扎,但一步也没能离开我身边。就这样过去了好久好久,那头大熊就被活活饿死了。

从那以后,没有哪只熊见了我敢撒野的,全都对我毕恭毕敬。

离开里海,我就直接去了圣彼得堡。到了那里,我从一位好友手里收到一份礼物,那是一只小猎犬。它是我那只大名鼎鼎的猎犬所生,就是我最挚爱的那只。可惜,那么聪明的猎犬,被一个愚蠢的猎人打死了。他原本是要捕猎一批松鸡,却误杀了我心爱的猎犬。

它死后,我就把它的毛皮做成马甲,穿在身上。每逢到野外打猎时,这件马甲总能帮我准确找到野兽出没的地方。每当我准备射击时,马甲上的纽扣就会自动飞出去,十分精准地落到野兽所在的地方。因此,每次狩猎,能逃出我手掌心的猎物几乎没有。现在,我那件马甲上只剩下3颗纽扣了,下次打猎之前,我要在上面缝上两排新的纽扣才行。

第四十章
足智多谋的统帅

有一次，我做了远征队的首领，前往波斯拜访国王。我做的第一件事，就是把队里最年轻、最聪明的人都挑选出来，让他们男扮女装。并且，在他们身上暗藏了致命的武器，让他们走在大队人马的最前面。

至于为什么这么做，这是个秘密，请原谅我现在不能公开。一开始，这件事当然招来各种各样的耻笑，可我并不在意，心想："谁笑到最后，才能笑得最好！"

经过一天的跋涉，我们在 巴库 的南岸登陆。这里是波斯国王管辖的领地，沿着长长的海岸线行走，我们的内心都十分不安。据说，这里的 高加索 山民经常抢劫过路的大小商队，搞得这一带鸡犬不宁。而且，他们自认为是自由的，不愿受任何政府管束。

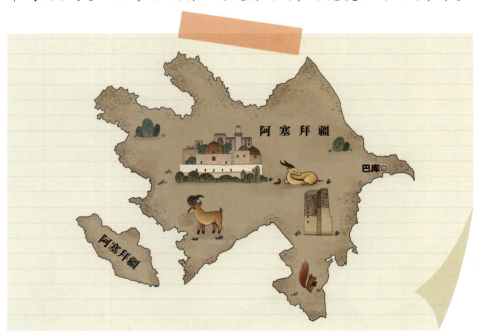

> **我的地理笔记**
>
> **巴库**
>
> 阿塞拜疆的首都，位于里海西岸阿普歇伦半岛的南岸；
>
> 面积约2200平方千米；
>
> 是里海的最大港口，外高加索地区的交通枢纽；
>
> 早在10世纪起，这里就出产石油了，是世界著名的石油城；
>
> 老城中心的少女塔高达27米，是当地著名景点，塔内有一口水井，井里的水四季清甜甘美；
>
> 纺织业是巴库重要的轻工业之一，地毯受到俄罗斯人喜欢。

| 第四十章·足智多谋的统帅 |

我的地理笔记

高加索

即高加索山脉地区，位于黑海和里海之间；

面积约44万平方千米，分属于俄罗斯、亚美尼亚、格鲁吉亚、阿塞拜疆等国的领土；

以高加索山脉为分界，分为南高加索和北高加索两部分；

最高峰厄尔布鲁士山也是欧洲第一山，海拔高5642米；

高加索地区历来战火不断，是著名的战争"火药桶"。

这里战争不断啊！

这天下午，阳光灿烂，我们来到一个有溪水流淌的幽静山谷。大家都很累了，想在这里安营扎寨，搭帐篷过夜。但我不赞成这样做，我站到一块大石头上，集合了所有人说："现在给大家一个小时的休息和考虑时间。既然我做了大家的统帅，就不要指望我服从大多数人的决定。现在这个地方很容易暴露目标，遭到敌人的袭击，所以我们应该在附近找个更安全的地方扎营才行。"

但这些人没太听从我的建议，一个小时后，我问他们考虑得怎么样，只有两个最忠实的队员愿意跟随我。于是，我带着他们离开了这群人。我们上了山，找到一块凸起的大岩峰，这里只有背面一条小路跟其他山峰相连，位置绝对安全，是个宿营的好地方。

我再次折回到山谷时，那群人已经在烧火做饭了。我不想放弃他们，再次说："这里不能再待下去了，最理想的宿营地就是上面那块岩峰。那里不但安全，附近还有泉水可饮用。如果你们还承认我是首领，就跟我一起上去。如果选择留在这里，那他就不是远征队的成员了，出了事后果自负。"

我讲完后，大约有40个聪明人跟着我离开了，其余的200多人还是选择留下，他们大概太贪恋这里的舒适和美景了。我站在高高的山峰

上，可以清楚地看到这群不听劝告者的宿营地。

当天晚上，满月当空，我们都安然进入梦乡，忽然被一阵可怕的喊杀声惊醒，那种声音很像印第安人战斗时发出的咆哮。我们爬起来，看到山谷里正发生着恐怖的大屠杀，一大群山贼在袭击那些不听劝告的人，可怜他们还在无忧无虑地做梦。

很快，大多数人都被杀死了，侥幸活下来的成了俘虏。我有好几次想不顾一切地冲下去投入恶战，解救那些沦为奴隶的人。但我们的人数实在太少了，根本不可能是那一大群山贼的对手。冷静下来后，我决定天一亮就带领剩余的人继续赶路。

第二天，队伍有秩序地出发了，我依然让那些扮成女子的人走在前面，我自己则走在最前头。没走多久，就有几个赛加西亚人被队伍里的"女子"吸引，他们离开自己的岗位，向我们冲过来，却不知道面对的是一支伪装的勇士队伍。我暗示大家不要开枪，等他们靠近，想拉我们的"女子"寻欢作乐时，就用匕首把他们悄悄地干掉了。随后，我们用同样的方法得到了马群，然后骑上骏马，将危险的敌人远远地甩在了后面。

脱离险境之后，我们来到一条大河旁，我这才让大家休息，并脱掉女装。所有人都很开心，互相取笑着。

休整过后，我们继续出发，迎面碰上了一些波斯士兵。我向他们自报家门，并说要拜访他们

我的地理笔记

德黑兰

伊朗的首都和最大的城市；

北边是厄尔布尔士山脉，南边则是荒无人烟的卡维尔盐漠；

距离波斯湾600千米，处在古代丝绸之路上；

属于大陆性半干旱气候，夏季炎热干旱，冬季冷凉干燥；

这里的地铁系统非常洁净，在全球也数一数二；

此外，市内随处可见政府机构漆的标语和美化城市的涂鸦，很有特色。

我的地理笔记

设拉子

伊朗南部最大的城市，法尔斯省的首府；

位于扎格罗斯山脉的南部，伊朗文化中心；

是一座古老的名城，曾为波斯帝国的中心地区；

现留有不少清真寺古迹；

是著名诗人萨迪的故乡；

也以玫瑰花和夜莺之城闻名于世。

的君主波斯国王。可能是我的名气够响亮，波斯士兵们一听，马上取下缠头布致敬，对我表示欢迎。

又走了两天，我们来到了 **德黑兰**。但不巧的是，波斯国王带着大臣们到南方的城市 **设拉子** 去了。于是，我们只好又转道前往设拉子。结果，这一路上，我们居然也受到帝王般的待遇，也许是我鼎鼎大名的原因，沿途不断有人慕名加入我的队伍，等8天后到达设拉子时，我竟然拥有了10万人的大部队，浩浩荡荡地进了城。

与此同时，波斯国王每天都会得到各地通报上来的官方报告，能够在第一时间了解到我们队伍的情况。当得知我们快要到了的时候，他便带着全体大臣和当地政府的官员来迎接我们。

我终于和国王见面了，我们两人都飞快地跳下马来，热烈地拥抱在一起，为重逢感到高兴。在此之前，我们早已是朋友了。这次会面，他特意授予我一枚代表至高荣誉的波斯太阳勋章，以及为我特别定制的一枚胸章，上面是用纯金铸成的设拉子玫瑰花。不仅如此，他还与我兄弟相称，彼此称呼"你""我"。

前面两个荣誉我都欣然接受了，至于称呼的问题，我跟他约定，只有我们两个在一起的时候，我才会称他为"你"，平时仍然称他为"陛下"或"国王陛下"。

波斯国王明白我的苦衷，点头答应了我。从这一点上我就觉得，波斯国王是个平易近人的人。而这样的人，自然是我十分乐意结交的。

这里的玫瑰很有名。

第四十一章
吃外国人的侯爵

还有一次，我们在太平洋上航行。一场猛烈的暴风雨袭来，船被打翻了，船上所有人都不幸遇难，只有我一个人靠着高超的游泳技术，幸运地活了下来。

我一直浮在水面上，思考该往哪儿游。此时的我，并没有慌张，而是镇静地向四周观望。我看到的只有天空和大海，而且海水太凉了，感觉骨头都被冻疼了。

后来，我终于见到不远处有一座巨大的冰山，便竭尽全力向冰山游过去，最后终于四肢僵硬地爬上了冰山山顶。在冰山的背面，我看到了一艘兽皮小艇，有五个土著人和一个欧洲人正在追捕海牛。于是，我一边大声叫喊，一边沿着光滑的冰面滑下去，最后"扑通"一声，掉进小艇旁边的水里。那几个人发现了我，将我拉上了小艇。其中那个来自荷兰名叫约翰的人，告诉我他们的船在太平洋上航行时，撞上了一个小岛礁石，不幸沉没，船上的人也全部遇难，只有他被居住在附近岛上的侯爵所救。

看来，我和他是同病相怜了。通过他的话，我判断我们现在大概是在南海海域。之后，我们把船划向那个小岛。约翰跟我说，当地土著称这个岛叫泰哈特利比阿梯。岛上的统治者，就是救他的那个侯爵还算心地善良，但他有一个恐怖的习惯，就是特别喜欢吃烤外国人。而且，在这个人被烤之前，要先用岛上的水果喂得白白胖胖的。约翰也是这么被喂肥的，只是在他"喂肥期"满，即将被吃掉的前一天，天空突然下了一阵肉饼雨，他就吃了一些肉饼。为此，侯爵非常生气，让他继续再吃水果一个月，一个月后再把他烤了吃掉。

听完他讲的故事，我哈哈大笑说："我的朋友，你真会吹牛啊！我游历过世界各地，可从来没听说过哪里会下肉饼雨啊。"约翰急忙解释道："我说的可都是真话，你一定要相信我。那个岛的山里长着许多各种各样的面包树，它们结出的果子，无论样子还是味道都很像肉馅饼。夏天，当果子熟了后，大风一吹，落下来的那场景像极了一场肉饼雨。"

第四十一章·吃外国人的侯爵

就在我们聊得正高兴时,船已经靠岸,到达了那个小岛,那位侯爵正坐在岸边呢。约翰向他隆重介绍了我,侯爵点了点头,对身旁的人低声说:"马上把他喂肥,我看他的肉很鲜美。"约翰将这些话翻译给我听,我顿感背上一凉,这股寒意比太平洋的海水还要冷上不知多少倍。

这个岛因为没有被人发现,岛上的人并不知道我的名气,但岛上的植物们对我很熟悉,也很敬仰。当我走向侯爵的宫殿,其实也就是一间简单的土屋子时,所有的树木都对我弯腰鞠躬,好像在问候我一般。侯爵看到这个情景非常诧异,又轻轻对旁边的人说:"别急着喂肥这个人!"我听到这句话,这才稍稍放下心来。

显然，我是被迫留下来的。我可不想在岛上等死，更不想成为侯爵的盘中餐。一有机会，我就和约翰一起商量怎么逃出这座小岛。起初，约翰听完我的想法很兴奋，可不一会儿，他就泄了气，万分沮丧。这也难怪，因为我们现在所处的岛是一个没被发现的岛，还没标记在地图上，应该不会有船只碰巧从这里经过搭救我们，我们也不知道现在身在何方。

不过，我一向是个乐观的人，安慰他说："你放心，我们一定会有办法逃出去的。我认为，我们现在首先要做的，就是必须偷偷造一艘小船，否则我们没法出海。"

约翰听了我的话，就没那么沮丧了。

于是，我向他询问岛上有哪些树木，看哪种树木适合用来造船。约翰说："这里有一种树长得非常奇怪，它们的果实像葫芦，更确切地说像小气球。果实里全是空气，因此在它们还未成熟时，就必须把它们摘下来。否则果实被太阳一晒，里面的空气就会迅速膨胀，它们的力量甚至能把整棵大树都连根拔起，带到空中。"

听到这里，顿时我眼前一亮，我高兴地抱着约翰欢呼："我们终于有办法逃出去了！不过，你知道他们什么时候摘果实吗？"

约翰回答道："过两天就会摘了。到时候，他们会把果子摘下来，扎在一起，放在太阳底下晒，让它们自己慢慢膨胀飞到天空中去。那情景就像过节一样，他们称之为'葫芦飞'。"

几天后，我们的机会终于来了。那天，当他们把果实摘下来，12个扎成一堆放在太阳底下晒时，我俩趁机各拿了10扎果实绑在自己的腰上。果然，那些果

我的地理笔记

莱顿

荷兰城市，坐落在荷兰西部靠海的地方；

一条运河穿市而过，河两岸红砖小路，风景秀丽；

是一座古老又有活力的大学城，莱顿大学就在这里；

历史悠久，拥有5个知名博物馆；

荷兰重要的海运港口。

实被太阳一晒，就迅速膨胀起来，把我俩一同带上了天空。这时，正好有一股很强的西风吹来，直接把我们吹到了很远的海面上。

很快，我们俩被吹散了。我远远地看见约翰掉进了海里，被一艘经过的商船救起。后来，我听说他平安地回到了家乡，现在在阿姆斯特丹或 **莱顿** 的自然博物馆里当管理员呢。

而我被一股飓风吹得在海上转了三天三夜，最后被一艘土耳其军舰搭救。当我再次回到文明世界时，我心头的那块大石头才落了地。这时，我才可以真正确定，自己终于脱离险境了。

第四十二章

海上风暴

在土耳其舰队里的某个晚上,月朗星稀,还吹着柔和的南风。我和战友们钻进小船舱准备休息,就在我们即将进入梦乡的时候,忽然被一阵猛烈的晃动惊醒。整个军舰像个醉汉一样,一会儿向左摇,一会儿向右晃。海上起了一股奇怪的狂风,先是从西面吹,然后又从东面吹,如此反复,倒是非常有规律。

就这样被吹了一个晚上,天刚蒙蒙亮,又刮起一阵更加猛烈的暴风,船上传来可怕的声音。原来经过一夜的颠簸,被吹得摇摇晃晃的桅杆终于倒了下来,并将整个罗盘室砸得粉碎。这下情况更糟了,军舰没有了罗盘,就很难找到正确的航向。

接下来的几个星期,天空都是乌云密布,我们就像是被装进了一只黑暗的口袋,辨不清出口和方向。海面狂风不止,白天天色昏暗,晚上漆黑一团,军舰上的桅杆一根接一根地被大风吹断了。

没有了桅杆,没有了船舵和罗盘,我们这艘破破烂烂的军舰,不时从一个浪尖被推向另一浪尖,又或者从浪尖掉进浪谷,又从浪谷爬上浪尖。这种情况真是前所未有,一艘军舰即使丢了桅杆,船上还有四五百人和70门大炮,少说也有几百吨重,就这样像玩具一样被大风和海浪抛来抛去。

后来,暴风雨终于停止了,但海上仍是波涛汹涌,破烂的军舰被海浪推着朝一个方向慢慢前进。"我们的船会被吹

| 第四十二章·海上风暴 |

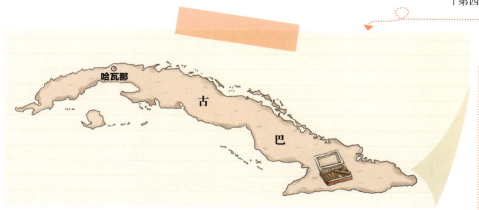

我的地理笔记

古巴

北美洲的岛国，位于加勒比海的北部；

加勒比地区面积最大、人口第二的岛屿；

由古巴主岛、附属群岛和青年岛等岛屿组成；

是西印度群岛中最大的岛国；

海岸线长达6000多千米，有不少天然良港；

首都哈瓦那是古巴最大的城市，也是著名的旅游胜地；

气候宜人，风景优美，被赞为"加勒比海上的珍珠"；

到哪儿去呢？"大家都有这样的疑问。现在的情况是，我们必须要靠岸补给一些食物才行，因为船上储存的粮食快要吃完了。当我们发完最后一份口粮时，天已经放晴了，一股温暖的风吹来，空气中还飘着阵阵芬芳。

大家都情不自禁地耸起鼻子，享受这股奇特的香气。它有点像橘子味儿，又好像不是。我闻着闻着，豁然开朗，自言自语道："这闻起来像烤牛排和哈瓦那雪茄的味道。"

"没错，没错，"其他人听了也跟着附和，"就是烤牛排和雪茄烟。"

我们被海浪推着继续前进。这一个星期，我们就靠闻着这股香气活下来。第八天，我们终于看到了陆地，这里竟真的是**古巴**岛北部的哈瓦那，那股雪茄味儿就是从这里飘过去的。

登陆的第二天，我叼着名贵的哈瓦那雪茄，给当地种烟草的农民讲海上冒险的故事。人群里不时发出一阵阵大笑，他们有的开始翻跟头，有的头顶地倒立起来，大概是觉得我的故事太过离奇了吧。我没有在这里停留多久，很快就乘船返回了欧洲。

以后，欢迎你们来看我，我可以再给你们讲一些有趣的故事。今天，就到此为止，再见啦，晚安！

古巴雪茄是雪茄中的极品。

古巴的雪茄很有名，尤其是哈瓦那雪茄，被认为是世界上最好的雪茄。

编辑统筹：尚青云简·张艳

文字撰写：柚芽图文设计工作室

装帧设计：丁运哲

美术编辑：尚青云简·周邦雄

插图绘制：田颖